O idioma da alma

CARLOS NEJAR

O idioma da alma

ROMANCE

O IDIOMA DA ALMA

AUTOR: Carlos Nejar

DIRETOR DA ALMEDINA BRASIL: Rodrigo Mentz
EDITOR: Deonísio da Silva
ASSISTENTES EDITORIAIS: Alessandra Costa e Mary Ellen Camarinho Terroni
ASSISTENTES DE PRODUÇÃO: Larissa Nogueira e Letícia Gabriella Batista
ESTAGIÁRIA DE PRODUÇÃO: Laura Roberti

REVISÃO: Daboit Textos
CONCEPÇÃO GRÁFICA: Eduardo Faria/Officio
FOTO DO AUTOR: Agência Brasil Fotografias/Wikimedia

SUPERVISÃO GERAL: Deonísio da Silva e Marco Pace

ISBN: 9788563920300

Junho, 2023

Dados Internacionais de Catalogação na Publicação (CIP)
(Câmara Brasileira do Livro, SP, Brasil)

Nejar, Carlos
O idioma da alma / Carlos Nejar. -- São Paulo :
Minotauro, 2023

ISBN 978-85-63920-30-0

1. Romance brasileiro I. Título.

23-152709 CDD-B869.3

Índices para catálogo sistemático:

1. Romances : Literatura brasileira B869.3
Eliane de Freitas Leite - Bibliotecária - CRB 8/8415

Este livro segue as regras do novo Acordo Ortográfico da Língua Portuguesa (1990).

EDITORA: Almedina Brasil
Rua José Maria Lisboa, 860, Conj.131 e 132, Jardim Paulista
01423-001 São Paulo | Brasil
www.almedina.com.br

Provando-me ele
sairei como o ouro.
JÓ, 23:10

Farei que um homem seja mais precioso
que o ouro puro(...)
ISAÍAS, 13:12

Todas as línguas vão dar ao céu.
MACHADO DE ASSIS, ESAÚ E JACÓ

O desejo de todo romancista é de antes ser poeta.
WILLIAM FAULKNER

O visível é a marca dos passos do invisível.
LEÓN BLOY. MON JOURNAL

Só temos a dizer o que a palavra nos diz.
LONGINUS, LIVRO DAS VIDÊNCIAS

Para Elza.

TÁBUA

CAPÍTULO PRIMEIRO

CAPÍTULO PRIMEIRO

SE PERGUNTAREM DONDE sou, minha resposta é a de que sou da Palavra. As árvores que me veem, têm riachos nos troncos. E a muita prudência dos velhos não clareia na minha razão. E por que teria ela de ser clareada? Pois não é o raciocínio que se impõe à palavra, é a palavra que se impõe ao raciocínio. E prudência é ir tão devagar que nem sabe mais se vai. E se puxam longevidades: elas vêm em carroça de burro, na tardança. E a pressa dos jovens não acaba, como não acaba a infância.

Vou escrevendo ao contrário: para ler adiante. E a matemática adoece. Não quero ensinar de ver longe do fio da água. Quando o dia escurece todo, não temos mais nascença alguma. Porque das escuridões é que gostam os morcegos. E é bem velho o significado de alguns sinais, como a morte é velha e não desejo pôr-lhe a mão. Não quero. É oleoso o escuro e tem lobos que rosnam de olhos também velhos. Depois a manhã me vem dar explicação. Mas quem explica o vento? E as coisas fundas, doídas não se explicam nunca. E o que procede de Deus não dorme. Sou da Palavra e até que ponto pode haver alguma coisa minha? O vizinho José Lindoso era metido a sabedor. E tinha vários defuntos marcados na sua arma. Só que não se descobria onde jaziam. Nem a polícia, nem o sufoco da alma tiraram a limpo tais desaparições. Porque a terra é voraz e escondida, José

Lindoso matava fácil, como outros dançam ou malandram pelos bares. Nosso vizinho de lote era intempestivo e ia desconfiando. Ninguém é matreiro por acaso. Uma palavra dada contra ele era muito e o tiro vinha como luz na vidraça. Porém, nada de testemunhos. Nada de nada. A morte era de adivinhação. Respeitava-me por uma coisa e nem bulia comigo. Porque eu era de Palavra.

O desafortunado desse Lindoso possuía um filho –menino de incrível beleza. Rosto corado e cego. O Benício. Talvez por isso odiasse o mundo. Porque o mal ao val se expande. Tem arado o coração e o que se gasta, não se repara. Por se corroer de ruindades acesas. Vaga-lume que cai na água. Sim, contemplo outros viventes e comparo os incertos. Não reprovo. Nem o mais ladino sabe o que sobrevêm depois. E as coisas principiam com certa velocidade, avidez e se vão finando. O homem não tem amparo e se cansa. Homem só tem Palavra para não morrer.

E aprendo de viver o que não entendo. No entanto por instinto vou sabendo antes. Como um filhote de corça que descansa a cabeça em mim. Porque se morre antes de morrer, por tanto imaginar com a viração que nos envelha. E os idosos ao fecharem as pálpebras de chumbo acham por bem de ainda fumegar seus cachimbos com palmos de relva. Mas o capitão Barbosa Ramos, de boa memória, mantendo o quepe ardiloso, foi fulminado pelo bico de andorinha duma bala bem tocada. Berrou com seu fardamento rubro, vindo a bater-se numa briga para apartar contendores. E levou a bala avoada, de pluma e ferro. Abicou com o corpo como um barco na fundura sob continências, tambores, bandeira.

– O homem só não morre na Palavra – dizia meu pai que caçava perdizes, galinholas, pacas. E punha a espingarda nas costas, depois a embrulhava na cintura. Eu o fixava muito, ao entrar assim na casa para o jantar e ele desviava os olhos. Ou era a espingarda que tinha olhos e eu não sabia. O fato é que a espingarda parecia bicho no covil. Metia medo, ao pensar que no descuido, matava. Meu pai nem cogitara nisso, degustando pão cheiroso do forno. Após o vi, num canto, mexer nas balas como em monte de pedrinhas pontudas. E me abismava com a noite focinhando perto da janela, ao avaliar a sensatez humana toda na espingarda. O que é da terra se define, o que é da caça não. Tudo o que é capturável vai como destino. Na emboscada: o ataque. A mira e o tiro. Não fazia perguntas a meu pai de olhar moroso e sisudo. Barba cerrada. Às vezes resmungava com minha mãe: face redonda, calma, de oclusas amenidades. Resmungava a pressa de comer a sopa escaldante. E eu não queria sopa alguma. Ia atrás dos meus livros, atrás das palavras que me faziam inventar o que não sabia. Tal um navio que se encantasse de alma adentro. Porque de muito cedo me forrava de palavras; cedo também me compreendiam. E o que está vivo mora mais nelas, do que em nós.

Quando eu revolvia a terra com gravetos, estava repleta de folhas, seixos, cascas de árvore. Um bosque de castanheiras enfileiradas como um exército em formação de marcha. Porém, a marcha era a dos pardais e andorinhas. E nas proximidades- alguns contaram – mortos haviam sido enterrados. E por mais que se avançasse, o solo ocultava seus ossos. E eu questionava como a terra tomava conta de tudo. Porque nela as coisas já foram acontecendo, como se nunca fossem acontecer mais. Concedendo segurança a seus mortos, sem importar-lhe a cautelosa solidão dos vivos. E a um pássaro vi. Ia correndo atrás. Com um canto que provinha das profundezas. Mais do que pássaro, trêmulo, pesavam suas asas em ouro. Podia morrer ouvindo aquele canto, podia parar o movimento do universo. Era como amor rebentava. Eu vi. E quando sumiu, era tal se tivesse morrido de nascer. Ou nascesse após tudo se desvalindo.

E o que vale é o que se transforma. E as ruínas se aprazem nas línguas mortas. E a bruteza é o grotesco. Terenciano era grotesco. Tinha alguns gestos obscenos na cara e nas mãos. Gigante, com força muscular de cavalo. Mostrava-se, aos passantes, levantando sozinho um automóvel. E possuía mente de idiota. Não chegava a ser bom, nem mau. Deu um murro em Inácio, com ficha de brigão. Pequeno perto dele. O murro cuspiu o valente, voando contra a parede de um dormitório popular para viajante. E Inácio ficou ali estatelado, imóvel, sem vida. A polícia o temia e nada sucedeu, quando sucede tudo. E o que menos se esperava: Terenciano pôs-se a rir grosseiramente, com os dentes longuíssimos à mostra, lábios grossos, carnudos. E tive a impressão de ouvir na valentia inaciana, mais do que quixotesca, a fala de Mercúrio a Caronte: “Sabes quem é esse que acaba de atravessar? É um homem verdadeiramente livre!” Enquanto Terenciano enchia, entre gargalhadas, o ventre pantagruélico (comia absurdamente), o outro enchia com sua demência o ventre da terra, em nova maternidade. O que confirma que muitos conceitos de coragem terminam inapelavelmente no intestino. E não foi em vão que Hugo sentenciava:"O ventre devora o homem". Depois nada mais escutei sobre Terenciano. A não ser anos mais tarde, por haver mudado residência para Assombro. E o que soube sobre esse idiota, que era gigante, foi que acabou esfaqueado pelas costas numa barbearia. Ele, de ventre tão grande, serve hoje de manjar fertilíssimo aos vermes. O ventre com que devorava, acabou por devorá-lo. Ou talvez seja uma tarefa inacabável, dado o seu descomunal tamanho. O gênio da morte é por natureza glutão. Cuja "honra e glória há de ser a de gastar mais vinho do que azeite". Distraído agora "nas altas matérias e ciências profundas". Por que os pensamentos mudam, com as almas? Mas aí não há mais pensamento, nem mais alma. E a terra quebra a derradeira bilha de esperança aos que nela entram. Muito menos, espera-se de que de nenhum corpo nasça algum outro mais velho.

E coisas velhas, postas de lado, às vezes, ficam de muita serventia. Não são as lágrimas que nascem das coisas, são as coisas que brotam das lágrimas. E peregrinas transitam pelo gigante Terenciano sob a terra e são formigas, ratos e vermes. Escapando da mó de seus dentes, como se estivessem num fosso de prisões, nadam alguns para não se afogarem em sua boca, embora levados por uma torrente, até o abissal estômago. Contam com bordão de segurança, que, de súbito, bate num dente, tocando o nervo da mandíbula, agora inerme. E um romeiro segue pelas pernas e outro, pelos ombros, outro pelo alforje, fugindo todos, a trote, pelo digestivo corpo. E numerosos se banqueteiam com a água de seu vinho defuntoso. E em pouco, ratos e formigas roem até a madeira do esquife. Havendo simpatia entre os insetos, à feição de alguns cavalheiros gentilíssimos, tão imbuídos com a seriedade dos manjares. E esse consenso universal não se efetua sem que a natureza argumente e os convivas se fartem da abastança de carne e dos possantes ossos. E se divirtam, sem fazer mesura a Homero, nem dando importância a um maldizente verme que divulgou cheirarem mais os poemas de Horácio, a óleo, do que vinho. Ademais, a terra não revelará sobre o defunto os altíssimos sacramentos, nem os símbolos pitagóricos. Muito menos qualquer doutrina mais abscôndita. E que haja alegria! Como se houvesse alguma grama crescendo sem história. E qual a história dos anônimos? Ou da grama que invade o porão de inveterado tempo. E a grama se expande nas ancas, nas pernas daquele monte. E ali morava Lucas. O que amava Lucinda e vivia com ela sete anos. Quando a foi beijar – era tarde ou noite? – Beijou-a com afeto correspondido. Depois vomitou. E nem ele ou ela entenderam o que significava aquele ocasional vômito, que podia ser de si mesmo. Ou para afastar imagens que o repugnavam, insistindo em lhe aparecer. E por experimentarem amor, jamais haveriam de entender essa reação. Ao perguntar-me, num encontro na livraria de Pontal, depois do relatado, disse-lhe o quanto desconfiava de um amor que o fazia vomitar. E por mais que eu falasse, continuaram juntos. Até que ambos vomitaram não a vida. Mas a morte. E ficaram inocentes, límpidos. Porque há coisas que apenas se explica pela torpeza, ou pela furiosa liberdade. Ocorrendo um decoro de ser mantida a loucura a qualquer preço. E alto preço custa. Ou nenhum. "E quando se tem espírito demais, é pior do que não ter nenhum" – advertiu o russo Gogol. E a melhor maneira de enganar a loucura, é saber que não existe. E ouvi um ruído. Pasmei. Ontem, sim, vi um cidadão robusto e raivoso pisotear de repente uma menina estirada na rua. Peguei o sujeito pelo braço, num círculo de rostos que ao redor girava. E o homem não me resistiu. Eu suava. Levamos a criança ferida ao hospital e o agressor arrependido prontificou-se a pagar as despesas. Não julgo, constato. Estamos tão sujeitos à violência sem causa, à desútil ferocidade, que duvidamos de nossa aparência humana. E nem adianta argumentar no espelho como um bêbado que embruteceu. E o que está morto já não se obriga a gerar nada. O vivo atordoa, não cicatriza. Alto, corpulento, Eusébio pregava dentro dos preceitos do Livro do Caminho e era amado por seu povo. O que mais desejava: servir. Como foi cercado de sinais e prodígios, aguçou a inveja de alguns, que premeditaram sua queda. Como desde Jeremias ou Isaías, ou Lutero, ou Calvino, são perseguidos os profetas. Não, nenhum é bendito, salvo para Deus. E a Inquisição perniciosa também maquinava, entre as sombras de Pontal, ali, exatamente, onde era a mais subterrânea. E inseriram na igreja um espião de sua sociedade secreta, filmando a pregação de Eusébio. Ele nada tinha a temer. Entretanto, os inquisidores o temiam pela forma com que o Espírito Santo o usava em salvar e curar. Dizia ele: - Sou apenas instrumento do Altíssimo, que efetua um novo avivamento, com retorno à primitiva igreja. É a hora derradeira, em que o ferrujoso relógio da natureza demarca o cumprimento das profecias do Apocalipse. A hora, sim, em que Deus está atraindo seus escolhidos, aonde estiverem, de formas miraculadas, com a promessa do gentílico arrebatamento. E o tal filme da pregação de Eusébio, absurdamente fez-se prova contra ele, como se executasse algo perigoso. E o denunciaram aos superiores. Eusébio não calou, enquanto pôde. Até que foi calado. Não puderam tirar sua Palavra. Tiraram sua língua. Então se pôs a escrever, pois suas mãos desprendiam divina energia. Enquanto pôde escreveu, até então cortarem suas mãos. Foi quando Eusébio, só de viver, mudo e sem mãos, era o mais terrível e convincente testemunho de que a Palavra brilhava invencível nos seus olhos. E antes do suspiro final, com enfermidade e agonia, rodeado pelo povo, rodeado de palavras, tornava-se, sem saber, definitivo. Ainda que águas passadas não calem moinhos. E não falo pelas águas, nem pelos moinhos. Nem calejo ambições, a ponto de as pernas correrem mais do que eu. Nem cometo a indiscrição de um carroceiro, o Zeca de Andrade, que parou diante de uma mansão e queria saber de seus habitantes, se generosos, ou de mão fechada. Não entendi, a não ser o objetivo de catar algum carreto. Por isso nem me pergunto e nem sei se meus pais eram felizes. E a felicidade nem sabe de si mesma. Um êxtase; depois a lembrança da lembrança. E ao recordar-me do pregador Eusébio, advém-me a certeza de que era fatia da melhor estirpe da humanidade, a que não se cala. A que ninguém consegue calar. As águas passam e o moinho persiste de pé. E se nenhuma lembrança restar do moinho, fica o trigo moído e posto no celeiro. Não sei se meus pais eram felizes, apenas sei que não se alcança existir sem partilha. E ao fitar com atenção o bosque: estava dilatado como a barriga de uma mulher enverdecida. Mais ainda com a chuva e a dentada dos brotos. E quietoso, encolhia no meu mundo de palavras, sublinhando com lápis amarelo trechos inteiros do Livro do Caminho, a encadernada Bíblia que recebera de meu pai. Para viver palavras e palavras me irem vivendo. Aberto sobre a cômoda de meu quarto, cintilava. E a casa era enorme, de tijolos à mostra. E se outros tinham o esconderijo nas árvores, o meu pairava entre palavras. Sentia seu cheiro e deixava que me respirassem. E respirassem, até eu ressuscitar. Porém, Felipe não emitia som algum. Surdo e mudo, apegara-se a uma romãnzeira, cujos frutos zuniam com as abelhas. Quando o menino era apenas inquilino do silêncio, inquilino das abelhas sem ouvi-las. E eu estava em casa e ela aumentara com a noite. E meu pai ora dormia na cama do casal, junto de minha mãe. Ou então pegava sono sobre as grossas tábuas, enrolado em cobertor. Então parecia virar sebe ou pedra. E roncava como se um motor. E tinha a impressão de que a minha mãe era alma e o meu pai, corpo. Então não se percebia onde começava um e o outro terminava. Escutando alguns ruídos, vindos do quarto ao lado, vi que o sono é nuvem que se esparsa. E nenhum dos sonos se assemelha. Como uma maçã não é igual à outra, presa ao caroço, seu imóvel eixo. E o segredo é que no sonho, as maçãs voltam à semente. E a infância de minha mãe se encontrava com a semente de meu pai. No que eram ditosos. Não se podendo medir as estrelas que iam de uma banda à outra. E eu adormecia dentro de uma palavra. Ou era a palavra que adormecia em mim. E à tardinha, de outro dia, com espingarda às costas e uma penca de perdizes meu pai entrou, foi entrando prazeroso. E entrou o recheio com as mãos de minha mãe sob a carne limpa, macia das perdizes. Com molhos picantes, castanhas. E nós três íamos comendo, comendo, como se fossem torrões de céu. E via o rosto grande de minha mãe fruindo, mastigando até os ossos. Eram grandes todos os rostos. E nenhuma sombra parava a lua pela ventana. E meu pai sem nada dizer, olhava para minha mãe satisfeito. E eu: – A sorte foi boa, pai, a caçada valeu. E é de carne macia, deliciosa que nem água. – São também os temperos. Tua mãe sabe o segredo – murmurou. E a cara de minha mãe era a lua, os dentes de espuma, leite. E não havia pedra alguma em seus olhos. Embora ficassem imensos como pedras. Pedras? Não, falcões que se alaram para altíssimas árvores e depois quiseram afrontar o sol e se incendiaram. Pedras de negro cristal aqueles olhos. Negro cristal da luz. E não sabemos porque começa, sabemos quando começa. O rosto indiático de meu pai era enorme naquela noite, barba hirsuta. E ao contemplar essa sua barba, como um raizame escuro, ou um funil de obscuras amoras, indagava as raízes que envolveram meu nascimento. E quando foi a árvore formada.

Escondia até agora meu nome. Talvez para retê-lo mais íntimo: ***Almeiro Ninguém.*** *Escondi-o por julgá-lo ligado a um sonho que tive, e à voz que ouvi durante o percurso da imagem, que parecia a de um espelho. Vislumbrava um outro semblante que abrangia traços do meu e escutei:* "–**Almeiro** é guardado de muita alma. Não podes te expor!"

E achei então de preservar alma. E a conclusão que extraí do sonho, é que pode ser roubada. Só não me roubam a morte. E curioso, como é íntima! E não me engano. Nem a ela roubam. Pois de tamanho morrer, ao expirar, já fomos morridos bem antes. Então torna-se inofensiva que nem cobra que esgotou o veneno. É quando de tanto vivermos, é ela que acaba por morrer.

E eu nasci, abandonado no celeiro de meu pai. Ignoro quem me gerou e até faço questão. O tempo não sara o tempo. Desde então e no futuro, fui adotado por Régio e Albertina. São esses os meus pais. E no mais fundo, por certa obsessão que me acompanha e assedia. Fui gerado de Palavra. Não tranço os vazios que me separam da semente ao ventre. E se fez minha acostumação. Inchei de amor por ela, essa que me compôs os ossos, a Palavra. E amo os progenitores que, ao me acharem, deram-me pouso. Como se me houvesse vomitado, novo Jonas, alguma baleia. É Baleia-Palavra? Não a descobri desse modo nas enciclopédias. Mesmo no Moby Dick. Conjuro aproximações: retardam o juízo. Meu coração teve camadas e pulsões de treva, até se alumiar. Porque Palavra é muito escura, para depois se abrir e escapar de seu casulo. Como o caos inicial careceu de ser singrado pelo Espírito. Que também é matéria comburente. E nunca nos libertamos da Palavra. Ela que se liberta de nós. Não, não nasci em estado de graça. Nem o celeiro era o céu. Nasci depois. Nasci em estado de Palavra.

Por isso, vigoroso vim ao mundo. Assim contou minha mãe. Tinha dificuldade de enxergar com muito limo nos olhos, que a água foi tirando devagar. Talvez adviesse da própria Palavra. Por haver percebido que alguma reverdece, outra fica pedregosa, outra pega tino. Desse período angular não recordo nada, salvo fonemas de lágrima na boca. Por haver nascido chorando. Como a maioria de nossa cambaleante espécie.

E minha memória era antiquíssima, como a de certos animais. É tal se viesse de costas pelas idades, com a labareda verde das plantas e sonhos. Engatinhava pelo corredor da casa grande, com aperto na voz que não saía, não desejava sair. Como se possuísse pedra na língua, ou a língua fosse pedra. E no entanto, minha memória detinha o alfabeto inteiro, a infância dos vocábulos, a sintaxe dos vivos e dos mortos. E estremecia com tal civilização de termos e verbos, que manavam por minha arcaica memória, como por um ribeiro. O que me dava, desde a nascença, certa duplicidade entre o que eu memoriava e o que via. Falei tarde e me olhavam cheios de piedade, tal se sofresse de idiotia. Ou certo retardamento de alma. Via muito e não falava. A pedra continuava pesando sobre a língua. E eu vagava repleto de imagens de odores, cores, carregando mitos que ameaçavam pular a cerca das pupilas. Um encalhado sino de bronze no pátio produziu-me reminiscências de sílabas, uma noutra, proferidas por sonhos e homens, de coisas não entendidas. Dormia disso, acordado. Dormia de memória. Como se estivesse já espreitando em Deus. E É Deus quem espreita. E não nego. Meu pai aposentara-se de uma loja de comércio (secos e molhados) em Pontal de Orvalho, onde morávamos. De empregado foi à gerente. Depois o dono do empório passou às rédeas ao filho. E pôs meu pai longe, com delicadezas e bom pecúlio. Régio pôde então dedicar-se ao que apreciava: caça, pesca, algumas changas ou astúcias. Não remexia cinzas: retinindo sobrevivências. E era visto, aqui e acolá, com sua espingarda que mais parecia carregá-lo, do que a carregava. Com esmero de pontaria. Certa vez caçou capivara, outra vez tatu. Ou aparecia com balde de peixes graúdos. De tais proezas se gabava e inventava histórias. Não sabia rematá-las nunca, como se as continuasse vivendo. E viver não é mesmo continuar? Continuar, parando a perna do tempo, ou gastando palavras, até cessarmos. E o tempo parar o tempo. Parar o. Puxando bem fora os pés da sina. Puxando os pés da história, puxando o sino. E se eu não fosse encontrado no celeiro, ao nascer, diria que o celeiro era a Palavra. Depois fui esquecendo que nasci. Estava próximo da meia-noite e chovia o céu como um copo partido. E ouvi o barulho das passadas de meu pai lá no celeiro, guardando a vaca Delmira, que apanhava chuva. E se andava meio-desperto, choviam vocábulos sem nexo na mente, que era um canavial tremulando. Após entrou meu pai, com passos mais serenos e senti o aroma que a chuva tem de vida envelhando. Quando o vento pôs a cara nos vidros da janela, vieram-me as certezas. Vento tem certidão. Ah, se tem! Mais de óbitos. Que se acumulam mais que os nascimentos. Ou é com os mortos que se vão defendendo os vivos. Defendendo-os dessa guerra impalpável, a do tempo. Então ficava entortado de olhos e eles entravam, até pelas costas.- O tempo vagueia de costas! – Falou meu pai, certa vez. Entendo antes o que ouço depois. Ou não entendendo nada, porque me exaspero de viver. E a civilização não é o que vivemos? O mais claro tende ao universal. E mesmo sem civilização (e ela desfaz os seus deuses), caminhei no bosque, bisbilhotando árvores, por veredas que aventureiros sulcaram, atacado de mosquitos cujas mordidas me coçavam. Subi em seguida numa concentração de montes e rochas, onde à noite ululavam lobos. E além, fluía um arroio com fama de conter pepitas de ouro, entre cascalhos. E lá fôramos, à convite de meu pai: -Vamos catar ouro! E não titubeávamos. Seguíamos atrás do bosque, atrás do arroio, atrás de algo que dava algum sentido àquela vida circular, quase desterrada. Nada achamos. E a Palavra que me entranha, atestava haver ouro, sim, mas noutro lugar. Desconfiei de que fosse no cimo de um dos montes, onde uma pedra musgosa centrava um grande círculo, cavado ao redor. Um anel. Talvez fosse o sinal de que o círculo nos atravessava e andávamos aos círculos. Ou fora o signo daquela mesma Palavra que de nascença me forjara. E tudo pode. E tem lua cheia. Os escuros do bosque me limitam, mas os escuros da Palavra é que me fazem avançar. Avanço. Depois com o aperto na fala, o aperto descomunal que emanava de gerações, emudeci até aos seis anos. Deveria continuar assim, para que não sofresse o que falar me criou. Meus pais insistiam. Por ter excessos de palavra, não falava. Quando pela vez primeira soltei alguns vocábulos, era como se eles saltassem de mim. Não mudava as letras, eram elas que se trocavam. Até que de tanto trocar, fui-me achando. Queria um idioma da alma e era o corpo que balbuciava. E vi meu pai delirar de alegria. Agora se escrevo, é tão vasta a memória, são tantas as parreiras e heras de vocábulos, cachos de pronomes, racimos de adjetivos, que me confundo. E se falo: as palavras assustam peixes e se peixes, palavras. E cuido delas, para que os peixes não as comam. E sei que todas carecem de sentido, todos os sentidos carecem de palavras.

Quando comecei a falar, foi como se uma pedra escorregasse de minha boca. Uma pedra com muita noite na língua. E segurar a fala, há de ser como agarrar passarinho. Fechado no búzio da mão. E ali se ouvia o oceano. E não foi em vão que antes falei de que o vento tinha certidão, quando a tempestade rugia. E é sucedimento de morte. Dr. Aldo Ladeira, metido a nobre, festeiro, vividor, entre a aguardente e a ardente água do mulherio. A esposa aleijada e as farras sucessivas. O melhor alfaiate, as gravatas vistosas, sapatos feitos à mão. Deitou naquela noite e trovejou-lhe a morte, o enfarte, como a figueira de sua horta. Caiu comido pelo pássaro, o mais funesto. E explicarei com o fato de que ele não possuía mais palavras de viver. Quando ainda existem, não se deixam bicar de aves.

E a ruindade em morrer são as risadas no velório, as anedotas, com o conforto de durar um pouco mais do que o finado. E todos vão defuntando, mais ou menos, quando outros partem. Os que ficam se entreconsolam. O vento dá certidão de vento e nem vê que só carrega almas. E a luz se enterra na água. E quem é da Palavra, dela ninguém tira. Quem é da terra se converte em trigal. Choramos diante das perdas; quando temos Palavra nos seca o pranto. Como se um alazão formoso o bebesse. Ou são as palavras que nos choram, pois vamos perdendo pessoas, coisas, sonhos. Ou é porque tudo isso também nos vai perdendo.

E mais se deu naquela noite: o vento emboscava o gaiteiro Fulgêncio. Não respeitou sua cegueira. Quando tombou na facada de um parvo, andarilho ébrio que escapou. Como se fora ele a própria gaita de fole furado. Sob o baú da terra não molesta ninguém. Com milho que não acaba. Mas sou da Palavra, já me levantei. Como minha mãe Albertina se levantara da cadeira para ir à varanda. E, tinha varianças no rosto que eu não entendia. Porque de manhã era diferente da noite. Talvez amoitasse algo neles de palavra que eu não soubesse. Olhava os objetos, os móveis usados e eram como se tivessem vestígios dos olhos de minha mãe. Ao vivermos com as coisas, elas nos vivem. E tive até a impressão de que minha mãe mudou de olhos e os objetos a acompanhassem na metamorfose. O que se encanta, já principia a trocar de natureza. E quando a Palavra me fixou, vi que Deus me olhava. E cresci com velocidade, assim como demorei tanto a falar. Dizer que fui um retardado, não desenha o mundo que me empurrava das profundezas, com tal enciclopédia de seres e termos, que zumbiram no porão de minha infância. Dizer-me precoce talvez expunha minhas intuições, certa antecipação de conhecimento. Melhor justificando, se tenho de o fazer e não cabe, talvez fosse a inteligência da Palavra, o que me transportava ora fluvial, ora incandescente, ao universo dos vivos.

Meu pai comprava-me todos os livros que podia. E chegava ao ponto de arrancar-lhes páginas, para que, de tanto as ler, permanecessem comigo. E o mais estranho é que, tal o espelho do sonho que tive, há um tempo, já se reconheciam, refletindo seu relumear intenso. Era como se houvesse vivido tudo o que lia, ou se me tivesse descoberto antes na imaginação. Uma linha se reproduzia em tais imagens que eu jiboiava.

Frequentei assiduamente o colégio de Pontal e a sua biblioteca. Ao me virem os raros leitores, já moço, com a cara enfiada nos volumes, ou em alguns velhos alfarrábios, quem sabe lhes adviesse piedade por minha voraz inquietude. Os humanos é que nos surpreendem por não possuírem tal sede. E sem mais detença, tartarugava sobre eles, ao me julgarem tão bizarro e bem menos zoológico quanto supunham. E não estaria sucedendo o contrário?

No colégio duas disciplinas me irritavam, e passados os anos, ainda me irritam. Talvez por ter uma linguagem que já se manifestava diferente, talvez por meu porte físico mais tardo.

O limitado cria voltas e tantas, que podem torná-lo ilimitado. Por aplicar-se mais no que outro, bem dotado, confia.

Uma das disciplinas, era a educação física, como devem haver previsto os leitores. Por ser a velocidade egocêntrica, não olhando ao lado. Nas corridas. Sim, tal velocidade é eminentemente autista.

E com que esforço competia, para chegar depois dos concorrentes! Nem porfiava de chegar antes, por uma teimosia que não sei se era da inteligência. Mais do corpo.

Outra disciplina de que não gostava, a do desenho. Recordo o alto, magro e germânico Professor Richter, com o sotaque que nos infligia desenhos em casa.

Desde cedo na arte da figuração, sempre preferi, além dos rostos, paisagens, montes, lua, o interior das coisas, as imaginações da memória.

O resultado era um desenho, mais do sonhado do que o visível, em que traços eram fantasmas de si mesmos.

Podia desenhar, por exemplo, uma maçã e não era uma maçã. Era como eu a imaginava. Mostrava-me um picassiano, antes de conhecê-lo. Inclinando-me por símbolos, sinais, com visão inocente, letras que fulguravam no pensamento, certa vegetação da infância. No que então me aparentava com Klee, sem que me desse conta de seus quadros.

Picasso foi um magnífico desenhista que se desviou, pintando a deformação, o dimensionamento das cores, com planos. Um precipício de novas formas. Klee era um músico do desenho que adivinhava a imagem do que rabiscava bisontes e outros seres na caverna.

Acho que já continha na semente do meu destino, o de desenhar palavras na alma, até que elas, com paroxismo de existir, em mim se desenhassem.

Entre tais matérias, sobressaía-se uma que apenas tolerava. Como se tolera a exibição de uma girafa no zoológico. A Educação Social e Cívica.

Quem a ministrava era um magistrado, o Desembargador Volpi, com voz atonal de velho comboio sobre os trilhos. Austero para não dizer, de solenidade decadente, com olhos dependurados nos olhos como em cabide.

Incomodava, tal a sisudez de impoluto filho da pátria. E ele próprio era um tratado de civismo, com a "família – célula-mater" e outros lugarejos que acicatavam a sua letargia monárquica. Sim, era prosodicamente monarquista.

Originário da província, a capital pontalense quebrantara sua singeleza no trato, embaralhando virtudes antigas e vícios novos. Fumava em aula, transpondo o corredor, ditando entre doutas baforadas. Andava em círculos de fumo e gravidade. Incentivando a mofa dos alunos, que o imitavam no recreio.

– Roma não se construiu num só dia! –Assinalava, azeitando a prudência e o amor às instituições. O que significava que algum dia Pontal há de ser o paradigma dos princípios salutares da liberdade.

Ah, leitores, pelo que tive que sorver sem cólicas estomacais, sofri a atrofia social de a tudo inquirir – não com o dogma – mas com a antítese e o juízo.

Cada mestre era aprovado ou desaprovado peremptoriamente. E o que me rastilhou, foi, sim, o sentimento da pátria encravado nas vértebras, aliado ao de universalidade que se esvaía nas fumaradas do charuto da justiça.

Prognosticava, no rapé de arcaicas erudições, seus polens deletérios, alerta percepção patriótica, com o levantamento de um monarca em Pontal. E, ao pé de sua soberba estátua, afeiçoava a monarquia da alma.

E por assim desafiar, esse, como outros professores, não poupavam qualquer lapso meu. Ao me expor, se eximiam. E isso me jactava, embora não tenha esses alambiques. E quando isso sucedia desembolsava um provérbio (a mania dos provérbios me atulhou a mocidade): "Só o erro do homem inteligente é notado". Essa convicção de inteligência – para mim – era a melhor forma de a menosprezar.

E diante do afeto de meus pais, as retinências e obesidades do ensino se desfaziam. E mais ainda, quando passava no bosque, escutando o gorjear dos pardais, ou visitando o monte do círculo, ou me banhando no arroio, onde mais conversava com os peixes, do que os pescava, pesaroso de sua sina sacrificial. E devaneava. Tal se fosse experiente desbravador, ou contivesse uma darwiniana febre pelas espécies todas – de fauna e flora, de voejantes e anfíbios. Então a natureza me punia e recompensava. Ou por ser insaciado, ou por satisfazer-me, jubiloso.

Não ponho muitos diálogos na escrita, porque é a escrita que persiste em me inquirir, desvelando os sintomas de minha avidez de saber.

Pedi ao meu pai num amanhecer, depois do café e do pão cozido no forno de tijolos e o leite da vaca Delmira, dormitante, que me ajudasse com algum pecúlio, para cursar a universidade pontalense. Logo concordou. Teria que enfrentar um vestibular, por haver concluído o colégio – afirmo com certo orgulho – com invulgar mérito. E se confesso isso –é pelo fato de os professores de cultura geral e de português não me pouparem. Nem eu, a eles. Quando me dei conta, estava a ensiná-los, perturbando com perguntas sem respostas. E são as perguntas, as que mais assustam o mundo dos homens. Por não saberem que já se sabe antes o que depois se aprenderá

Não podia contar-lhes meu segredo, por vaidosos e altivos – não todos – revelo uma exceção, Eudoro, raro amigo. E o que é "comprovado, prende-o firme no coração com vínculos de ferro" – admoesta Shakespeare – "porém, não calejes a mão com saudares a todo momento amigos novos".

No mais, eu era muito especioso nos silêncios, e se usasse de erudição, abalava tais mestres. E nenhum tinha Palavra, como eu. Se quiserem considerar isso segredoso , que assim seja, para que a boa consciência se ameigue.

Falei em Eudoro. Cravado de sardas na cara, óculos de aros imensos. Aspecto retraído no sentir, com um brilho de humanidade que transparecia no instante de alegria nas vítreas retinas. De afeto velho e conquistado, como a hera no muro. Pequeno de estatura, olhos perspicazes. Era bom como água. Conversávamos no pátio do colégio durante os recreios que a sineta disparava. Ríamos, sim, dos bigodes ridículos do Professor Estácio, gordo e cerimonial, com o ar de quem estava proferindo a última frase da história. Observávamos a fascinante Professora Luciana, de pupilas grandes, boca breve e cabelos loiros sempre bem aprumados, catalogando a botânica e os mamíferos. E Botânicos, mamíferos, nós, diante de sua grácil feminilidade, a elegante cintura e as pernas firmes, bem torneadas coxas na saia justa.

Alguns alunos a namoravam à distância e eu, quase. E logo padeci o pasmo ciumento da Palavra, certo resmungo íntimo. E não desejava desagradá-la. Talvez quisesse essa volúpia apenas para si. No mais me calo. Por haver maiores arcanos neste abismo que pertence aos sonhos. Enquanto eu o possuía, ao passar no vestibular da universidade em primeira leva de sementes. E ao assistir as aulas, percebi que os professores liam as anotações que preparavam das matérias, ditando-nos e escrevíamos. O que me vinha, as palavras me traduziam antes no seu borbulhar. Tal um documento lido no sangue. Já viram alguém ler em sangue? É ir lendo de Espírito. O que olhava para dentro, era melhor do que eu escrevia em ditados. Usei e abusei da preciosa biblioteca da universidade. E ali mais achei fontes, do que nas doutrinas de meus mestres. Nenhum nome guardei. Só nomino o que me cria. Nome que se dá, não é nome. É criatura nova. Fui levando o conhecimento, como se fosse um boi a sua carga, ou Delmira, a vaca, o esponjoso leite. Com vagareza.

Mais tarde é que reencontrei Eudoro, já negociante feito e próspero, olhar austero, feliz de rever-me sob as lentes ainda mais grossas dos óculos.

E na universidade, em que muitos mestres eram de um saber descosido, veros pirilampos de teorias e desavindas citações, tive o privilégio de encontrar um filósofo, com quem especulei sua edificante sapiência. O famoso Ricardo Valerius, paladino do **delírio da razão criadora**, o que me afigurava concepção de um heresiarca. Mediano de altura, atarracado, fronte alta e de certo ímpeto no alinhar as ideias. Vi nele a incomum sensatez dos que domam a loucura. E sabem quanto ela é rastro de concisas iluminações. Apareceu-me tal amoreira de folhas novas. E a tudo entendi com olhos arregalados e apetite assumido. Tinha a ver com o que a Palavra me confidenciara. E eu era como um coelho silvestre no covo, entre galhos e cogumelos. Olhava por uma fresta do tronco. E o céu não mudava de lugar. Nem a luz mudava de céu. E errava atrás de uma lembrança que se associava, elétrica, ao timbre da voz de meu tio Batista, irmão de meu pai. E recordo, bem avisado, o que falava: -Com a banalidade da corrupção e do mal, já estamos no fim-do-mundo! *Assustava com o tique nervoso da cara. E era tido por esperto, capaz de dar pingos de água em nó, espertíssimo nos negócios, vendendo até rio por quadras de campo. Colérico, esmorecera com algumas panes de bondade. E apesar da picada do câncer, não pousava na morte. Mas no fim-do-mundo. Comia pouco: uma sopa, goles de vinho. Verdadeira chaminé de navio dormindo. Meu pai evitava cortesmente que pernoitasse lá em casa. Meu tio estudara para padre e não alcançou a missa, nem a batina. Apenas o latinório. E o latim do latir de um cão que faz mais pelo dono, do que esse por seus semelhantes. O latir do fim-do-mundo. E era ele talvez meu próprio tio, escandindo supremos desastres. E em noite sodalícia resvalou e bateu com a testa no fim-do-mundo da calçada. Não acordou, nem acordará mais. E se ronca sob a terra, quiçá seja ouvido por algum distraído pintassilgo. E seu navio apita de seguir morrendo. E morreu- repito- porque não tinha mais palavra alguma. E o fim-do-mundo desapareceu. Porque o fim-do-mundo é o fim das palavras. E meus pais não as gastavam inutilmente. Por não discutirem. E se tal se deu, nunca vi. Falavam com os olhos, mais do que com os lábios. Essa telepatia dos que se amam. A mesma que telegrafa entre pupilas da mesma sala. Poucos, os que têm os sinais. E escutamos de Albertina esta frase na mesa: - O que tiver algo por dentro, que não esconda! Senão abre um furo de alma. E entendi quantos vão com a alma toda furada., E daí vêm os ódios, vinganças e as resolutas mágoas. E quem fura alma, também vai furando suas palavras. Nada fica impune. Se demora é porque a justiça, às vezes, sofre de gaguez. Quedei-me calejado nessas sabedorias. O que tartamudeia é o destino. Não gosto dele. A gente todos toleramos todos. Menos a sina. Lazarenta. E durmo sempre com a cara para fora da noite. Não, ninguém encurta meus sonhos. Mas quem sonhava no interior de um bar de Pontal, era a morte. Um desafeto de meu pai. Porque quando a coruja canta, é porque o céu já está espiando. Embedou-se o tal desavindo e se entreverou com um desses intrusos que aportam com revólver e tudo. Com soco no ar, caiu de bala atrevida, caiu sem nenhuma alma. E a coruja trancou o bico. Nem se escutaram rogos de paz ou amém. O balbucio do tiro foi mais agudo e solerte do que o de fundas estrelas. Ou foi a estrela de um sino que badalou perto do cinto de Badajoz, o defunto. E ninguém viu nada. Nem o intruso. E "aquele cadáver já começou a despontar? Dará flor este ano?" Morte vem e vai veloz. A vida é bem mais vagarosa. E adianta a pressa? A dos jovens acaba na prudência dos velhos. Mas serão eles assim tão prudentes quanto se cogita? Talvez o sejam só por falta de fôlego. Soube, aliás, de um idoso, o Garcez, que casara com mulher muito jovem, amiga de sua filha. Inventou que era jogador de futebol num campo baldio, com rapazes da redondeza, dando passes, até marcando gols. Um dia teve sério problema circulatório, quando a bola fugiu-lhe ao controle. Hospitalizado, sua companheira achou um outro, que lhe aprumou nas volúpias. A insensatez é da sina. E eu cada vez mais sabia ser palavra que me dava alma. Ou memória, que me dava fala. Ou a fala com a língua dos sonhos. Já viram melhor a onda se alçar? Alma é onda que salta. E apenas esbarra num local, a margem. Depois ela cria a sua própria margem, que é sucessiva e eterna. Somos margens dos pássaros? Não, voamos de andar. "É impossível ensinar um gato a não pegar passarinhos"- atinou o grande Einstein. É impossível ensinar a alma a não voejar ou não dar algum pulo de gato na inteligência. E eu, de menino, sim, andava debaixo da mesa. E vi a mão grande de meu pai me levantando. Essa mão eu não esqueço mais: vincada de veias. Fortes. Escapulia da incômoda visita do dono da casa de comércio, onde meu pai trabalhara. Mas não escapuli. O tal comerciante possuía corpo sólido e pequeno, de feições avermelhadas. – Como se chama? –Indagou. E eu não falava ainda. E foi meu pai, gentil, que' respondeu. E se eu era mudo, não o eram minhas palavras. Observei: as mãos do homem eram azuis. Provavelmente pelo frio. E quando se foi, me disse adeus. Era um adeus muito azul e a cara escarlate como as cravinas brotadas sobre a mão da horta. Eu tinha os olhos já grandes e ígneos. E minhas palavras também tinham olhos, pálpebras. Margem dos pássaros: somos. E debaixo da mesa, quando garoto, será que previa a unidade das coisas, com as calças que me escapavam. Elas não, não queriam unidade alguma. Eu não me mostrei educado e a educação nem passa pela agulha e nem é tão edificante quanto se demonstra, ainda mais se é um pote que se quebrou. E quem vai colar os seus cacos? Somos margens também de febre? Foi um degrau de onde quase deslizei. Essa febre, que é a inteligência do corpo. E "a melhor possibilidade de não morrer de febre, é morrer de outra doença"-escreveu Machado, com atiçosa ironia. E lembro que tive a tal febre no colégio. E é possível que tenha sido atacado pelo vírus: o colégio de muda e febrenta paralisia na esperança. Meu aspecto alvíssimo amedrontou o Diretor Ênio, de orelhas imensas e olhos miúdos, ternos. Nada semelhante ao romano, de mesmo nome, sobre quem Virgílio, ousadamente, afirmou transformar em ouro, os seus estouvados estercos. E a tal febre e os estercos que fazem reflorir as vides, ó Pindaro, não são fiados pela roca ou pelo tecimento abissal das funestas Parcas. Creio mais no que me compraz, do que no que parece desafiador. Fui conduzido, ardendo, para a enfermaria. Sentia-me esquisito, ausente. Um vasilha de água que fervia. E em torno até os olhos eram gelados. Somente distinguiu-se, com seus papagaios óculos, centelhando no pavio, o Teodoro, que tremia como se fosse com ele. Entanto, a febre não tem abas. E quando atravessei a soleira da porta, sem me virar, as cabeças dos colegas transitaram em fila para o recreio, fitando-me. E eu os fixava como se tivesse alguma vista atrás da cabeça. Por fim, ao ancorar em casa com meu branqueado, umedecido barco, este corpo, este pobre vaso de violetas que me intumescia o rosto, este cântaro de febre foi-se esvaziando e parou. E um sonho veio e nunca depois ressurgiu. Como um asno que se deseja arrastar pelas pernas e empaca. Ou fica petrificado de memória. Sem ter nada daquela invenção de Pitágoras que julgava a importância ou não das coisas pelos nomes e números. O tal sonho reboava tal um comboio num túnel.*

E minha alma separava-se do meu corpo e contemplava-me de cima, flutuante. Ah o peso do fogo tem muitas vezes o peso do sonho e ninguém ainda se apercebeu. E foi –se derramando a palavra água *sobre outra mais cálida, a do suor escorrendo. Depois a alma desceu de novo ao corpo, sua razoável habitação. E o trem ultrapassava a escureza do túnel. E foi quando despertei com o pijama molhado de fogo. E os olhos muito secos. Com todas as palavras se entreabrindo. E o que sucede quando elas se abrem? Algo se nomeou no desconhecido de Deus. E qual um doce boi fui pastando sono. Como se penetrasse numa bolha atemporal, onde o boi queria ser rã e a rã, um boi e eu não tinha mais nada com isso. E tudo se oculta sob um monte de cinzas. E inda em brasas, enxergo o outro lado. Pois cresci duro de chorar. Não pelo refrão suspeitoso de que homem não chora. E assisti a muitos, de estirpe insigne, chorarem como meninos com as surras da madrasta vida. Alguns acham encosto de lágrima, outros, nem tal quimera. Choram de lajedo na cara. Porque os prazos não vigem, quando se dói. Quem estanca essa água de fogo? E se eu era duro não quer dizer que não chorasse. Até o pranto, às vezes, é ato de bravura. Ou a bravura pode advir de uma lágrima. Cresci duro de chorar. Mas minhas palavras choram sozinhas por mim. Não há descanso na mocidade, nem na velhice a tonsura do aquietamento. E os desassossegos são almas de esconderijo. Foi como me afeiçoei aos refúgios no bosque, às cavernas entre pedras, perseguindo a fila das formigas, cuidando de não pisá-las. E não recusava com a natureza o conhecimento, nem o licor de seu conhecimento me recusava. E não seria tudo uma pedra contra a outra, até faiscar o fogo? Pareço entupir-me de memória. Como um cano de fumegantes teias. Ou a civilização é apenas memória que vai, frequentemente, entortando. Quando se sonha, desembocamos nesse encanamento imemorial. Não é coceira a memória. É um retumbo de água se desprendendo. Ou quando se inflama a imaginação, faz-se difícil conter. Esses capítulos de água descuidada atrás de pobre fecho de ouro. Alguns se constipam de memória, outros de intestino. Por atraso de passo, ou juízo. E esta nossa incuriosa civilização já custou de envergonhar-se. E nem se envergonhará sequer do desastre. Se até os animais se apetrecham em artes, ou acrobacias, que lhes são negadas pela natureza, o que não faz um aluno que mais quer é encher o alforje de conhecimento. Ou era burro sem valia essa estremecida sabença? Que ninguém me segure a mão, ou me amarre o pulso. Numa tarde – e não ouvi tanger nela nenhuma harpa melodiosa – descautelado, sofri o abalo pétreo.*

Sofri, embora estivesse sendo protagonista ora crítico, ora irônico, mostrando-me um desses que a ótica acadêmica não se orgulha. E o que mais a depreciava, era o método de suscitar as contradições e esvaziar o arfante balão das mediocridades. E por ser tão bombástico, com alguma exceção, seu inflado arcabouço, não suportava um sutil e bem afiado estilete. Refletindo minha mágoa de ali não me dessedentar. O resto não é silêncio, é pedra.

Discuti , enraivecido, com um dos mestres da universidade, onde me dedicara, avançando vários currículos com galhardia. E um calafrio de universitários concorrentes, pelas minhas alvissareiras notas, de que possuísse asas desdobráveis na inteligência. Embora nunca soubesse que tivesse asas. Achava-me até um bocado retardado de inconsciências. Por se acordarem tardias. E isso me levava a ser sempre depois, ainda que ferozmente.

Contava que um mestre se aborreceu, por contestá-lo. É verdade que tive ponderáveis acentos de verbal delicadeza. E seu aborrecimento não tem nome. Porque era uma pedra. E se a pedra me bate, cabe bater na pedra? Só bato na pedra mais, se ela é surda, abominável e não permite que eu a retire. E foi a pedra da indouta ignorância (a outra é salutar!) que me arredou. Foi essa pedra humana e destoante que não aceitava qualquer argumento mais lúcido. Nem o desvalido. Argumento: nada. E vou perguntar à pedra, por que é pedra? Rinchei, ventou nas minhas fuças, como se chegasse no píncaro da montanha. Nem se tivesse na boca as palavras de Davi: "Todos os meus ossos hão de recitar". Pedra era pedra e essa nem musgo ocultava. O que seria um epitáfio mais sapiente. Foi o "magister dixit" de uma pedra pouco filosofal que me empedrou. E o Reitor pomposo e nem tão magnífico, da mesma granítica esfera sentenciou. "Pontifex maximus!" Foi acatando sem escutar-me. A pedra pela pedra, tão deseducada, nem me escutou. Nem recordo aquela cara de tronco sem raiz que bufava sob nada. Saltei de não ficar no estribo. E a noite se estrelando sobre a acadêmica bufonaria, a noite que é uma corda presa na garganta, a noite que estava lá quando saí. Pode ter alguma verdade a bruteza da pedra? Ou quantas idades ela contém de burrice, a levedura dos mortos? Não respondia a pedra. Viver é ir sumindo no vivido. Mas o que esbarra na ideia é alma. E justiça se faça: só uma voz discrepante daquele magistério de ruínas, a do filósofo Ricardo Valerius, que refutou o asno professoral e o "rector magnificus". Chegando a dizer que pedra era pedra e nenhuma filosofia aristotélica falaria diferente. E o saber não tinha nada de pétreo, devia ser até cavernoso, baseado em Platão. Por se alucinar de vida, por se alucinar de tempo. E me fui, mais zeloso, para outras universidades, as de que trata Gorki: a que ensina, além das deambulantes vagabundagens, a que ensina o vôo da águia, o que o formigueiro admoesta na sua ordem e o que o sonho adivinha. A tal pedra me expulsou e eu fui expulsando a pedra. Como um dia, morosamente, a palavra me fez expulsar a pedra da língua. Afeiçoei-me aos refúgios de olivais velhos, com sotaque de bom azeite, longe dos lagartos. Afeiçoei-me aos refúgios da Palavra. A que não morre. Alguém me perguntará a respeito da reação de meus pais, vendo-me fora do sereníssimo templo do tradicional saber. E nem era de muito saber e nem merecia a reverência templária. Ora, meus país não eram pedras. Aceitaram minha decisão. Porque Régio, meu progenitor, era costumeiro nas peregrinagens entre as coisas e Albertina tinha o sortilégio de não se opor ao curso de um rio, com nascente e foz. E pressentia, o que era legítimo, que eu já estava na correnteza. Anuiu com a cabeça, abraçou-me. Sem medo de que minha sorte cabeceasse como um cavalo para fora do rumo. –Tudo é rumo! – Falou-me. É onde não se sabe que começa. Meu pai disse, sorrindo, depois de olhar-me muito, com lavada clarideza: -A vida é que entende! Pois não havia tonteira na luz. E a mim nem valera puxar tanta alma de palavra. Estava debaixo de tudo. Nem precisava de caramujo nas ouças para a audição do mar. Estava em nada e debaixo de tudo. A Palavra escorava a coronha e o cano, agarrando o gatilho. Atirava. Seguindo na gula das palavras por si mesmas e na gula dos significados pelas palavras. E a saída da universidade me livrou dos entulhos escolásticos ou doutrinais. Sua teologia do nada. Quanto mais podiam os significados, ocupavam as palavras com seus vultos esguios. E o que desejava era que o significado fosse a alma da palavra e se apaziguasse nela. E quantos movimentos se dão naturalmente, até que ocorra a requerida adaptação. Como a amada no que ama. Porque o universo tem classes, estirpes peculiares, inclassificáveis, não confessadas. E apenas pelo sonho sem pudor se refletem. E comecei a contar com as serventias do acaso. A vida é dos que de Palavra não morrem. E há sendas e frinchas na rocha, não em Deus. E aos poucos me extasiava entre os vocábulos com a soberana felicidade, num hausto de gozo, como se me conduzissem ao olímpico paraíso. Onde o andamento era repouso e a velocidade, divinamente imóvel. E foram-me ensinando o que esquecera de saber. Quando a verdade principia a perder jeito. E eu não me assusto tanto nas desavenças de lendas ou fábulas, incessantemente reinventáveis, ou das desinências hieráticas, ou dos sentidos destilados em barris de castíssima cepa, assusto-me dos desvios na consciência que se veicula à rotação da alma. E o que é de alma costeio, discernido. Nem motejo a desconfiança tão natural como a curiosidade do peixe que tem sabidezas de botar testa fora d´água. Ou da foca que a água não segura. E tirei proveitos da biblioteca na universidade, mais do que de seus mestres. Era ali que me encasulava nos recreios e nos períodos extra-curriculares. Não tirava leite de pedra, tirava leite da bondade humana que os livros albergavam. E memoriando, associava-me, como em círculos, às páginas de autores que já lera, ou pelas lombadas, que agora me transportavam a títulos da biblioteca municipal, comovia-me com as palavras que me atraíam a pensar, e eram as mesmas, com odor e beleza, que desembocavam no sentimento de infância. Como aos seixos de impiedade e atraso que encontrara, já vira antes na pedreira da minha imaginação, no obscurantismo inquisitório, através dos textos que me advertiam, premonitórios. Há quimeras, objetos, lembranças, experiências Umas se esculpem nas outras, tais as linhas e entrelinhas que invocam certos vocábulos, termos esquecidos, arcaicos. Constantemente renováveis. Como água na água. E assim se faziam perceptíveis esses movimentos com ondulações do destino. E admiti quanto era valioso preservar a maré montante das sensações, consciente de uma estranheza: os vivos são para as coisas que morreram, ou buscam sobreviver, com seus reflexos, ou círculos concêntricos que nos magnetizaram nalgum recanto da meninice. E passei pelo celeiro e ouvi resmungos da vaca Delmira, filosofando com a memória do leite que nos forneceu. E divisei então a sua fronte de vento e suas tetas de estrelas. E dei um salto da matéria ao espírito. Por que filosofar não é engarrafar o leite das essências entre causas e sublimes efeitos? Sim, vi que tudo o que é matéria tendia a se encantar de espírito. E nada era definitivo, formando as coisas de coisas e os vocábulos, de vocábulos e os sonhos, de outros sonhos. E a criatura já deslinda no relâmpago o que antes reluziu. E o que se aprontava no inconsciente, ia querendo se completar adiante. E o que respeito é o que vem da luz. Não das dobras de enferrujante ciência. Escuto o que se debruça em moitas, no coração. O que me sobra de agudeza, já me acumulou de penúria. Sei de tudo o que não fiquei sabendo, porque já sabia. E o rebuliço tem mais memória atrás, do que imaginação. Porque o que se invoca, já alguém muito antes invocou. Só que nós invocamos de uma maneira tal, que é um ramo de rio que antes não existia. Por isso narro também o que estará sucedendo. O velho é o que sucede agora e não quer voltar. Não se executa luz, ela é que sabe onde pousa a cabeça. E é um passarinho que não esquece o ninho em que pôs o filhote. O que evolui no idioma é o que não tem paragem. E idioma só evolui, por se munir de muita e muita alma. E nascença é por dentro da linguagem. Na encruzilhada de Deus. Quando o raio se engatilha no clarão. E o mal só é mau por ter perdido infância, Por se esvaziar de alma, com a algibeira furada. Por não possuir mais nem algibeira, apenas ódio no curtume, ódio que não tem mais pele. Ódio que se enfumaçou, sem chaminé. Ali, onde já raiaram centésimos de sol. Mal é toda uma saudade que explodiu. E a pureza é a atenção dos viventes. Não há o equívoco da sorte, há equívoco na esperança. Limpamos, corrigimos e emendamos os tratados da fatalidade. Tudo vai sendo de espírito, avisado, até desavisar-se indefinidamente. E vou dando arte ao que resolvi correr atrás desde menino, quando me avultavam vocábulos de que desconhecia o teor ou a genealogia. E é tão inumerável a partir da Arca de Noé que atracou no Ararat, até os nossos *turvosos dias, entre reis, príncipes, mendigos, miseráveis, fidalgos, torpes e santos, com a opulência, ou queda de reinos, ainda que vermes, traças, ratos, baratas tenham roído alguns pilares do princípio. E eu, que fui cosido de Palavra, com fio grosso no celeiro, com letras não aparentes, como queria Aristóteles, cheios de olhos na alma, tenho a genealogia que se perdeu de vista e é toda entranhada, a partir da água materna, quando a celestial fortuna me partejou. O cordão umbilical pendia das estrelas. E com minha reverência aos antigos, torno-me cada vez mais contemporâneo. E fui catando coisas da memória, catando memórias de coisas, sonhos de outros sonhos, tudo o que carecia ser catalogado e protegido. Porque nenhum signo, objeto, metáfora, vocábulo sonha em nós sem que tenha um desígnio, por se vincularem a outros, numa semântica cósmica da tribo. E alguns mereciam ser traduzidos do idioma da alma, para o do corpo. Outros transporiam países, raças, até se tornarem humanos. A semente que envelheceu de forma excessiva, é a que vai-se de novo procriando. Como nos sonhos, outros sonhos e nos símbolos, outros símbolos. Que são levados por marítimas correntes, a plagas virgens. O que arriba pelas idades, semelhando-se às aves que procuram a estação propícia. E as palavras, à sua feição, migram de alma em alma, de limo em limo, reproduzindo-se num clima mais aquecido e ameno. E nenhuma consegue adormecer, enquanto esse repuxo oceânico pulsar. O que jaz na fundura, é porque está hibernando até emergir como crisálida. E eu intuía que a lei dessas imaginações estava para ser descoberta. Correria mundo com elas, até que também me descobrissem. E me descobririam.*

CAPÍTULO SEGUNDO

DESDE ANTANHO (PALAVRA disforme, *mendicante, enfim honrada), era um etimólogo (eu, em sempre amador) que desejava, dicionarizar os sonhos e agora pretendo- ambição descabida? – dicionarizar as espécies invisíveis que flutuam para dentro dos vocábulos e mudam sua natureza, de folha em flor. Há vocábulos, que tendo um sentido, começam a tomar outro pela imposição de um grupo. E vocábulos que se arregimentam para resistir, não almejando entregar sua cidadela sitiada por fatores imprevistos. E anotara no primeiro caso, subversivo: o que desarma a ordem. E o poder manipulou o termo com tal onipotência, que qualificava os seres, sinistramente. "O que era subversivo não tinha mais direito de defesa, sendo adredemente condenado. Sem recurso". Por se erguer contra a simbólica ordem. E a vida não é poder estabelecido, é poder do que vive. E me achava na maioridade, quando, transcendidos todos os estados de crescença, atingia meu estado de infância. E de muito andar, já passara o amanhecer. E no manuseio das espécies invisíveis dentro das palavras, alojei-me num prédio situado em bairro extremo de Pontal de Orvalho, que fora mosteiro, ora abandonado, com ervas altas, ruínas. Utilizando pedras toscas, edifiquei ali, nos espaços menos derruídos, uma parva, breve casa. E limpei o terreno e nem sei como consegui, com o auxílio de dois operários que paguei com algum dinheiro que recebera, sobrante do que Régio me dera. E curioso é como esses operários me olhavam com espanto, tal se viesse de outro Planeta. E afinal, há tantos planetas, por que não viria algum visitante? Pagava-os e se consideravam cúmplices de um ser tomado de loucura. E como aos antigos, isso lhes impunha temor e reverência. E ainda bem. Sem que pedisse, meu pai colocou dinheiro no meu bolso E miraculadamente dava cria. Prevenindo minhas necessidades básicas, quando a obsessão que me atormentava, levava-me a esquecê-las. Mais tarde me procurou, penalizado com o fato de estar vários dias sem comer, barbudo, magro, com olhos de cão batido e que, assim mesmo, borbulhavam claríssimos nas órbitas. Reparou uma cama precária no canto, roupas penduradas em fios e livros, pergaminhos, dicionários. E apesar disso, eu sorria com afeto. Não é ditoso o destino, somos nós. Deu-lhe tonante abatimento. E ao contemplar o monte de livros e os manuscritos em rústica mesa, além de um caderno com letras ilegíveis, entendeu que eu tinha uma vocação insólita, ignara e inocente. Porque as palavras, em que idioma estivessem, ainda que provenientes da alma, eram sempre inocentes. Propôs-me não contar nada à Albertina e ficaria o filho sem nome, até que a própria Palavra, a quem servia, lhe nomeasse. E se o dissesse, já o gravaria. Ao calá-lo, escreveria nele, recluso, sua própria sombra. Como uma forma de pássaro que existe, por não ser lembrado. A suavidade e ternura de Albertina mereciam aquela tácita providência, para não angustiá-la. Muitas vezes o que não existe, é que permanece feliz. É verdade que nos despedimos num abraço sem palavras. Como se nenhum de nós dois precisássemos gastá-las. Por ser palavra, tempo de vida. E eu retornava ao meu método de trabalho num círculo entre a existência e a morte. Nele giravam astros, planetas ou cometas riscavam o firmamento. E tinha de purgar, de modo paulatino, alterações e costumes adversos da mente, frouxos e inadequados recursos da razão, longe da perfídia de alguma tradição desorganizada, onde não pegava prazos, pegava sentidos no tato, com outra memória lisa e pronta, que jamais precisaria mover-se com cadeira de rodas. Por estar a cadeira desocupada de artifícios ou argumentos devassos ou extintos, girando, sim, as rodas de um círculo noutro. Tendo a convulsão de grandes pedras jogadas sobre o lago de esparsos ou tênues sonhos. A véspera era sempre de uma outra, antes não apreendida. E o encoberto não se ensina, por ser sorrateiro, com arrastos de cascavel. E o trivial da alma é o silêncio. E eu não captava apenas símbolos mortos, tentava reabilitar os velhos. Porque o velho é o novo que se esconde. E o vento enche-se de acontecidos que se enovelam. E as coisas sucedem, já bastante acontecidas. E nas pesquisas, acionava a leitura em voz alta das* <u>*Sagradas Escrituras*</u>*, bússola inadiável, roteiro ou fanal de antigos preceptores, como foram instruídos por outros, mais antigos ainda. E o que preservava de memória das coisas, cada vez, e sequentemente, era o desenvolvimento da empreitada coletiva. E raríssimos – afirmo sem falsa modéstia – sabiam a metade do que eu sabia, sem nunca ter ainda o suficiente saber. E é como nadava em águas esponsais e manteúdas, de peito e de costas sobre undosa imaginação, com os braços conjugados, ou com os pés para cima, atravessando rios inefáveis, sem molhar as larvas de minha atiçada demência. Não falo dos mortos, falo de tudo o que passa a ficar vivendo. Certo de que a liberdade não é somente o que se locomove, é o que pode locomover-se no tempo, sem fronteiras. E a* *única respeitável, é a do solo do coração que não pode ser violado. E meu pai? No início calou. Depois cogitava nos meios de transportar-me de volta ao lar, junto do bosque. Na ausência, a presença é a que mais brilha. Seu projeto cedia diante de minha perseverança no fragor das leituras. Talvez por reconhecer que não havia possível verossimilhança entre os tempos dele e os meus. Isso o desgostava? Não. Pressentia que minha sorte haveria de criar sua própria e impiedosa imaginação. Viver não passava de ir no devagar, imaginando. Pressupondo audácias que inventarão a vindoura oportunidade. Amava o filho mas não ousaria arrancá-lo do amor das palavras. Ou dos signos que talvez ele nunca descubra. –"E a descoberta não é tudo!" – Pensava. Bastava-lhe, no entanto, saber que ela nutriria a sobrevivência do filho. Como é correto relatar quanto retornou acabrunhado para casa, numa das voltas da noite. Noutra volta – ele não sabia – a noite jazia comigo. E o que não se guarda, mofa como um pão dias depois. Mofa de memória, mofa de ossos, mofa de tal forma, que o esquecimento aparece até debaixo dos ramos de acácias, até debaixo da primavera. Por isso, a arte de meu* Dicionário *era a de montar um* continuum interno, *mais durável do que as humanas contingências. E se há mofo, há também o broto do reverdecer. E é onde jaz a infância. Ali nada termina ou apodrece. Esse* continuum é o eixo. Dali se alonga o delírio. E *o se que ama não adoece de sofrer, nem teme o que reinventa o delírio, nem morde a pedra do desterro. E ao recolher o que se destelhava de memória, e ao cavar, cavar nas minhas próprias profundezas, sendo a continuação e o fim de um cova do esquecimento, era, como se pregasse não ao povo, nem aos homens, mas ao "peito celeste", por não estar dormido, nem olvidado. E não empregava argumentos, todos eles vaporosos e inidôneos, engolfava-me, sim, no que me revelasse, entre piedade e juízo. Pois o que se arrebata, é do Espírito; o que escreve, é dos sonhos; e o que se atreve, vai na prelazia de transpor os umbrais do território divino, outra forma do terrível. O que não é devassável, salvo por alguns santos da loucura ou loucos de santidade, onde a fé já expurgou as margens. Ou é a própria margem de ignotos rios. E ali nos banhamos muitas vezes, sem que mude a constelada cor das águas.*

O que alguns começaram sem saber, eu ia arrancando do nada, ao esboçar uma ordem no caos, fazendo com que os traços impalpáveis dos sonhos nas palavras e das palavras na memória se reavivassem. Isso não obtinha sem infância. Com as narinas bem infladas e ainda meio-assombrado. E era tal se me afundasse numa foz de muitas galerias submersas e de essência cristalina. E as imagens principiavam à tornar à tona das palavras, desenhando outra língua, jamais antes falada ou conhecida. Na proporção em que os livros de escritores solenes, respeitáveis não a alcançavam compreender e os mais aclamados escribas se tornavam cada vez menos entendidos. Faltando-lhes o idioma destas palavras que começaram agora a ocupar os sonhos. E todos os sonhos podem brotar de uma só palavra.

Não os mencionarei, para que eles recuperem a alma que deles se aborreceu. Que nem a infância os quer. Compreendendo, igualmente, de que os sonhos podiam me esgotar, porém, nunca esgotaria os sonhos.

Além disso, com prolongados estudos atinei que, se os mortos, que nem sentem, nem conhecem, recebem benevolências divinas, quanto mais os vivos, que as sentem e conhecem, podem muito bem serem galardoados por elas. Com mais justiça ainda. Pela virtude dos sonhos. E percebi essa necessidade de um novo idioma, para reproduzir o ilógico e o inconsciente da alma, com vocábulos que não se exauriam em mananciais de outros e outros. Principiei tentando conectá-los por raízes e afinidades, convicto de que vige o bom entendedor, o que agrega primeiro, palavras e sonhos que se amam. Depois há que unir os contrários numa fusão que não se entende pelos meios racionais, e sim pelos avatares mágicos, onde a água é a continuação natural do fogo. E para isso, leitores incrédulos, inventei princípios abrangidos pela síntese. E sistematizei o universo num espécie de loucura, aproximando as igualdades e dando tratamento desigual às desigualdades da alma. Porque no fundo, palavra e sonho, já são alma. E exigem o padrão mais sensível. Sem deixar fora os passarinhos soltos de alguns adjetivos, ou as formigas proposicionais. E aventei que a maior diferença é a da afinidade. As coisas todas se equivalem no peso desta língua que haveria ainda de ser falada pelos que se aperceberam de que a infância jamais definha. E a palavra assim se aperfeiçoaria com o beneficiamento das espécies sonhadas e dos termos que pré-formavam a crucial história da humanidade. O que se tornava imperioso era a demolição dos preconceitos, procedentes muito mais dos grupos superiores sobre os inferiores. E da abolição de classes entre palavras e sonhos, com o surgimento de um socialismo das espécies terrestres e divinas.

Eis alguns dos <u>princípios fundamentais:</u>

1. *Os vocábulos não devem fugir do sonho, nem o sonho se eximirá dos vocábulos, sob pena de haver desvio entre a semente e o fruto no seminal trajeto;*

2. *A exaltação do delírio é a exaltação minuciosa da razão;*
3. *O que brota do idioma tomará forma de alma;*
4. *Nada se imita, tudo se transforma;*
5. *O que parece absurdo ao mundo lógico, é verossímil no mundo sensorial da língua;*
6. *O que vem do universo, com a linguagem, volta ao universo num perene retorno;*
7. *Os mitos hão de possuir muitos olhos para ninguém os flagrar em ceguez;*
8. *O círculo retém dentro de seu girar, a voltagem e o desencadear do ato físico e espiritual, com poderes ainda desconhecidos;*
9. *O que se move no tempo, move-se na eternidade.*

Outros princípios que desvendei, deixarei registrados aos pósteros que se interessarem pela desenvoltura do nosso idioma. E o que cataloguei, emana do amor da Palavra, minha legítima e absorvente fonte materna. E não suporto qualquer ideia de perdê-la, embora até me perdesse de amor por ela. Tolerando que outros a possuam, não com igual volúpia ou santidade. E a Palavra conhece a eternidade. Ainda nem cheguei lá. Um dia chegarei. E se o idioma da alma está sendo criado, esse de tudo sabe. Até do que não contemplou. Vivemos antecipados de vida. E cada vez me considero mais afortunado por existir memória. Com a certeza de ultrapassar os sete pés de terra, que a natureza concedeu à morte, com os sete pés de sonhos que a eternidade separou para a eternidade.

E ao arrazoar esses comentários que integram o meu Dicionário, sem a distração de Plínio, **O Velho***, que resvalou na boca do Vesúvio, dei com dois homens a cavalo, empinados no pique* *do trote, que me cumprimentaram, logo que fui espairecer das ideias que me fumegavam. Eram peões de fazenda, Soilo e Agesandro, um idoso e outro, na mocidade, em que a destreza é o galopar preciso. E me abordaram não sabia o por quê. É que – assim falaram num sussurrar caipira – tinham sabença de que estava a "ventar" um Dicionário. – "Ventar?" - Indaguei. Sim. Pôr vento dentro de palavras e almas dentro de alma num documento de importância! –Assinalaram.- E então? – O senhor não pode, por obséquio, deixar de fora a façanha dos cavalos... –Quem disse que os deixaria fora? –Pelo sim, pelo não, nós viemos! Os cavalos também contêm muita alma... Concordei. Porque alma é o que pelas narinas se acende. E ao despedir-me, saíram contentados. E meu tempo não parava. Viram cessar um redemoinho? Eu estava agravado e perseverante de alma. Com o trabalho inteiro debaixo do pé dos meus pensamentos. E o que pensa conosco, já se aconteceu. E se há sina de servir palavra, é porque ela vai andando por dentro. Discípulos? Arranjei dois. Que desprevenidos! –Cogitei. E nada. Talvez por doido, ou precursor, ou rebelde aos esquemas instituídos, procuraram-me. De quase mesma idade. E o que é idade, senão esta ventura de caminhar em flor? Que idade tenho? A da minha memória. Quem no colher do pomar, vendo frutos verdes, não aguarda os maduros? E se não colher os frutos, as mais formosas e soberbas flores colham. E há de a tudo colher, antes que a morte. Ela depois nem enxerga e passa. Dois discípulos bateram à porta, o Jacinto, de cabeça que se assemelhava a uma jaca, alto e corposo. Outro, o Eduardo, mais afável, gestos comedidos, com uma cicatriz no pescoço: perguntei-lhe a razão e me disse que foi tocado à faca, ao apartar uma briga. Nas delicadezas é que evoluem as violências? Acolhi a ambos. Para a empreitada de severa pesquisa. Por não me permitir, no amanho, dividir os sonhos do que ia escrevendo. E os dois se dedicaram à origem de inúmeros vocábulos greco-latinos que eu ordenava. E intuí quanto é greco-latino o sonho. Trabalhavam também os símbolos de harmonia ou série infinita. Pertinazes. E ao aflarem de sensos os vocábulos, ganharam-lhes a difícil estima. E eles se entreteciam como os montes aos vales. E me extraviei – confesso – como a beleza e o esplendor dos que na confluência de rios, são palavras, peixes, pássaros. Com intermináveis dons – os de voar, dormitar flutuando de água, sofrer metamorfose de animais, chuvas, minérios, plantas, insetos. Nem Clementina, a que encontrei numa de minhas andanças, e que chegou à porta, descobrindo –me, atraentemente feminina, contornos elegantes, sensuais, cercando-me com tranças e conúbios mágicos, ou verbais, os lábios de escarlates desejos: nem ela me tirou da seriedade. Solteiro, queria impor-me suas lascivas regras. "O amor esgota a razão" – anotou um poeta. Ou é a razão que esgota o amor. E muito menos almejava a sereníssima glória, essa que nos embalsama de flores, ou nos embrulha junto a elas. Ao querer somente descobrir, fui adivinhando o que assim me descobria. E eram todos os vocábulos enlaçados no mesmo plasma, todos os sonhos no pesadelo de carregar o corpo, este dicionário doloroso que se debilitava, na medida em que se aformoseara a alma. Desejava pensar, sugerir, moldar o barro dos seres e os seres de alma, as tradições da Idade Velha e a Média, outras menestréis, provençais, as galegas, as canções de amigo e os sítios afetados de lembranças, para que não lhes queimasse o esquecimento. E era preciso destilar do vinagre o casto sabor das tardes, entre romanos e etruscos vasos. Tudo em água, musgo e sonho. Ó quantas ambições postas nas formas de um badalo gasto de adjetivos, ou advérbios anciãos, sem ter fixa residência, como Lear expulso por suas filhas. As palavras sem teto, as que o reinado ou a república arredou, as pedintes de rua, ou junto ao sapato suntuoso dos templos. Queria a santidade de uma Ordem de palavras, mais afeita à pobreza, que aos haveres da luxúria. Viviam praticamente maltrapilhas, ignoradas por muitos, tomadas talvez de igual loucura. O único regulamento era o de servir às palavras na Palavra, Aquela mãe que me gerou, atravessá-las de ânimo, vida, sem a religião a molestá-las. Mormente, no que, aos poucos, me escolheu: o descobrimento do Deus vivo que está nelas, sem que saibam. Reluzente, conferia as armas da luz, cheia de almas. E andava com muitos pés até a minha idade. E o que era alma, senão essa loucura? Tal amor não têm acanhamento de esquecer.*

E sentia-me por acaso na aventura de traduzir a alma, como se alguém maior me guiasse com a mão , como a um cego. A alma humana estava muda e haveria de arrancá-la do cativeiro com a Palavra.

Os verbetes de meu Dicionário *do especioso idioma se amontoavam. Não fiquei apenas com a língua portuguesa a falar com a vida, exigia outras, até as mais precárias, toscas, desconstruídas. Ou com pregressa folha de sequelas e infâmias. E eu era, sim, um idiomático de pássaros, um eremita da vertigem entre os vocábulos. Não punha cabresto no leão, mas vocábulos rugentes se amainavam, convencidos. E dava vocábulos aos ratos para alojarem e defenderem suas ninhadas, com mais de um buraco, para não serem apanhados. Os elefantes se divertiam com advérbios nas trombas e palavras ensinavam às tartarugas através de sinônimos, alguns de via-dupla, na estratégia de as conhecer melhor do que os coelhos que buscam o refugio das rochas. Eram remidos os vocábulos, salvos de suas belicosas tribos. Oravam para serem adernados de justiça com as inchadas velas. E na renúncia fui recuperando a meninice. Por nada desejar, a tudo possuía. Ao ajudar aos outros com os sonhos, eu me ajudava fortalecendo os próprios devaneios. E abandonava-se ao forro das abelhas, ao mel da arqueologia. Abandonava-se, para que pudesse ser o idioma dos absolutos. Sem perceber, era como também dicionarizava a infância. E os meus dois discípulos,* Jacinto *e* Eduardo*, passaram a predicar as palavras que aprenderam. E se converteram novos discípulos, com novas palavras que, de repente, mesclavam-se aos sonhos. E na insônia dos homens de Pontal que já era crônica, ao contacto com certos vocábulos, dormiam. E muitos passavam dias sem despertar. Porque as imagens se reproduziam fascinantes de uma história não antes conhecida. E amores que eram cinzas que se abrasavam diante do riscar do círculo, com a simples vara de uma lembrança. Por se desmancharem os que estavam encobertos. E eu pronunciava devagar o tempo, até o último termo que se prolongava noutro, até que o tempo também me pronunciasse. Era para isso que nasci, Ou fui nascido de dizer o que os sonhos me falavam. Sendo um já todo sozinho: sonho acordando. Com os bem-te-vis e os córregos de muitas plumagens de almas. E me lembrei do que, certa vez, me disse o mestre Ricardo Valerius: "Quem mete a cara nos sonhos, abisma-se de almas!"*

CAPÍTULO TERCEIRO

RÉGIO, MEU PAI procurou-me mais uma vez, a última. Levando-me à Albertina, mãe que me adotou. Porque em Pontal minha fama divulgou-se e era agora mencionado na universidade. Até as pedras me reconheciam. A curiosidade era a de que eu, afamado, não imitava outros, cujo prestígio se alçava na razão direta de estar longe do País natal. Meu pai me procurou e vislumbrei a figura preciosa de Albertina. Estava muito enferma, puída: um câncer nos seios. E sorriu muito de me ver, sorriu com as mãos, os olhos abatidos. E coloquei uma palavra acalmada sobre ela e a palavra fez um sonho ali brilhar. Como uma esmeralda. Viu-se menina e a morte se assustava devagar. Mandava embora a morte. Coloquei palavra sobre a morte que entonteceu, fugiu. E uma palavra em círculo arrancou um caranguejo do seu peito e ela enverdeceu. E vi que ela ocupava vida de palavra, o que assombrou meu incrédulo pai. E algo se encantara, tal um cavalo andando dentro deles. E sem lamúria – era de amor- voou palavra nos meus pais e eles voavam de um a outro. Que muitas palavras careciam ainda de viver, até que o meu destino. E com palavra os lavava de sua culpa original, Quando nem sabia ainda o que Deus ia fazer de mim. E fitei o rio Eufrates e vi que alguns peixes começavam a sair, caminhando brandamente na beira como distintos esquilos. E contei o número de peixes que passaram a voar atrás das aves. Não contente, com tamanha excitação, a árvore quis pular, apanhando as aves. E não me desagradei. Porque tudo é mágico. Nós é que não vemos. E num ruído melodioso adiante um cavalo azul ponteava nas cordas das patas como um violoncelo. O sublime é o avesso do real. O que não quer dizer que o real também não se mostre sublime.

Certa ocasião, ouvi perturbado que uma mulher se queixava do marido no tribunal, por se haver relacionado com uma Nuvem. Ora, simplesmente porque beijara uma Nuvem na boca e tal fato trouxe repúdio à mulher. Com os meus botões, cochichei de como os voluptuosos zelos devastam a espécie humana.

E, leitores, voltei à minha morada de pedras no mosteiro em ruínas, deparei-me com um manuscrito sobre a mesa. E não fora eu que o pusera ali. Com letras que se teciam de sonhos. Fui, assim, deixando a minha memória ler às avessas, tal um espelho. Peguei o texto, igual a um corpo e avistei sobre ele, alguns relâmpagos. Chovia por dentro das palavras. Chovia de ver Deus nos círculos acesos. E sob as pálpebras de vocábulos enormes. E resmungavam entre si. Caí, ao principiar a discernir. Ou era o amor de uma palavra à outra. Caí todo abalado. Como se o céu pleno estivesse em cima. E eu, embaixo. E o firmamento, os astros. Caía de subir nos pensamentos. E o texto então sumiu. E fiquei vendo diferente tudo. Como se houvessem mudado os meus olhos. E outros, fora, surpresos me fitavam. Carecia então de ser bem mais palavra, até chegar a homem.

E nevou e não sabia como agir com os flocos descendo como bois brancos e as pegadas se iam apagando, enquanto ardiam de alvura as telhas das casas. E me cobri com um casacão velho, esburacado. Há muito tal não sucedia. E o que sucede é porque não achou seu fecho de prata. E o céu se assemelhava a um filhote de urso branco encolhido. E vestia-me mal, cada vez mais parecido com meu pai na barba, paletó preto batido e calça puída nos joelhos. Do casacão já falei e era de estimação, gasto como eu. Usava também (na neve, as botas), em tempo mais ameno, as sintomáticas sandálias. Mais o cabelo cortado rente. E não lhe permitia crescer em demasia, para que não me coçasse com as urtigas da caspa. Todavia, já havia falta de um pouco no teto da cabeça, que chamava de ninho de andorinhas. Sem frisar que algumas mechas do cabelo embranqueceram. – Tudo embranquece! – Eu aventava. Até certas palavras. E as conferências me desdobravam muitos, num só, entre várias universidades. As de Assombro também. E num colégio progressista de Lajedo dos Pardais. Com eloquência que, a par de emocionar, hipnotizava com as palavras a platéia, conduzindo-a, sequencialmente, ao sonho. Ou ao centro de sua própria e invencível Palavra, em língua prodigiosa, original. E levantava discípulos, aonde fosse. E me pagavam com abastança, tendo convites de entidades que choviam flores e elogios no estrangeiro. O certo é que fundara uma Ordem anônima, onde o Dicionário da Alma, com suas fabulosas palavras foi afinal impresso e divulgado com críticas benevolentes dos jornais e revistas. Intérpretes me analisavam, exegeses com avançado método, alucinadas razões. Velando o princípio de que nada se imita e tudo se transforma. E quando me lembravam o Mestre Lavoisier, replicava: -Ele pressentiu, porém não conhecia ainda O Dicionário. E a leitura de algumas páginas faria com leitores e palavras esconsos, ou desamparados o seguissem pelas ébrias linhas. Ou aparecessem sonhos imemoriais e inóspitos. Trouxe, é verdade, certo prejuízo a algumas editoras de ensaios ou romances, ou às bibliotecas de exemplares sem cisterna de sonho, porque suas palavras, atraídas pelo odor inebriante que o Dicionário espargia, ou carentes de águas onde pudessem nadar, por gosto de amplitude com atmosfera mais lúdica, ou jardins cultivados, escapavam para as suas páginas de alma, evadindo-se de todas as prisões que alguns criadores lhes impuseram. Reinventando-se, afinal, o direito de as palavras se libertarem de seu jugo secular. E acharam seu patético ou beneficioso desígnio. Porque as palavras como os homens nascem para se cumprirem. Isso me tornava detestado por alguns que insistiam em usá-las, ou delas abusar como servas. Aboli esse preconceito abominável e elas trilharam livres pelas ruas de meu Dicionário, cada vez mais visível aos que adotavam uma alma, ou à alma que os adotava. E vi que tudo principia não sabendo, depois se sabe de se deixar descobrir. Quando se descobre, começa-se a aprender tudo de novo, como um repuxo de correnteza que não termina no penedo. E o que se inventou, é que já está sonhando. E o acontecimento não passa de uma flutuação do tempo e das espécies secretas na palavra. Sei que até a política mudou com o meu Dicionário, porque quando eminentes homens públicos discursavam na Câmara, ou no Senado, começavam a se extraviar suas palavras mais convincentes, ou as demagógicas, causado-lhes repentina mudez. Porque as palavras se deram conta de não se permitirem utilizar no engano, ou na corrupção. Com dignidade sobranceira que faltava a muitos humanos. E quando ocorria a contradição entre o político e sua alma, dava-se um engarrafamento de trânsito vocabular.

E passava a tartamudear sem o arremate das frases. Talvez ninguém antes reparou devidamente quanto as palavras eram poderosas, sedentas de justiça e pouco manejáveis no ludíbrio. E eu havia dado sem prever, alforria a todas elas, com nova lei do ventre livre. Confirmando quanto os homens a diminuíram, menosprezaram, ou as mantiveram em cárcere privado, sob sua soberba ou ignorância.

E a que sonhava, não podia mais ser tocada. Haveria de chegar o tempo, que preconizei nas notas de meu Dicionário, de os homens ficarem submetidos às suas próprias palavras, sem poder mais voltar atrás. O que denuncia o alcance visionário do provérbio árabe: "A palavra que reténs é tua prisioneira e a que falas é tua senhora". E esse senhorio deu-se por clareado e nenhum sentido morre de véspera. E as palavras alforriadas seriam capazes de constituir uma república para os homens, com humildade orgulhosa, as servirem. Então – creiam – o universo voltará a ser universo. E penso que voltarei a ser apenas Palavra. Mas não nos molestemos com o futuro. Ele é que deve molestar-se conosco.

CAPÍTULO QUARTO

CAPÍTULO QUARTO

A AMIZADE É O *lado generoso da alma. E nenhum relato é relutante nesses climas. Por ser muitas as coisas e alma abrange inesperados. Amizade ou amor são tangíveis como um canto na palma da voz. E a voz na palma do destino. Não, não me perco entre nuvens de um dia menor. Tudo compõe alma, como os degraus a escada. E nenhum grau de símbolo esmorece diante de nossa finitude. Ou diante do que as palavras podem, ao despertarem imperiosos objetos do desejo. Como no caso de Eulálio, com 20 anos, assalariado de uma fábrica de peças de automóvel. Negro, franzino, cabeça redonda igual à bola de bilhar, onde ardiam dois olhos breves e expressivos. Pegava um punhado de vocábulos e dizia, dizia um sonoríssimo violão, sonhando com o rumor gaguejante entre cordas e madeira. E nos dedos imitava o cavalgar de cavalos. E em caixa de fósforos ressoava o bater de cascos solfejados. A surpresa maior foi esta: entre tonéis vazios, sobre terreno abandonado, perto de sua casa, sob a lona de contornos sinuosos, achar um violão intacto. E era o que ele não cansava, cobiçoso, de repetir. E o violão não era a palavra, começara com a palavra. E Eulálio passou a tocar de ouvido, porque a palavra de ouvido já arranhara sua desgarrada melodia: vindo. E Eulálio segurava agora o violão, de tanto segurar a palavra. Segurava a noite. E eu não segurava nada. Tive, ao nevar de alma, uma dor. Então não há mais graus, só um sentimento de perda, ali bem na calada do coração, a baioneta. Não sai sangue, sai água lá de dentro dos olhos. E é água da retina, o sangue de alma? Disse que era meu professor na universidade o filósofo Ricardo Valerius. E soube, ontem, que se foi num gravíssimo sufoco da glote. Na solteirice da morte. Como Anacreonte, morreu engasgado com um caroço de uva. Soube depois, com uma carga de fuzilaria nas ideias. Nem delírio lhe coube. Temos tantas loucuras que o animal do homem resvala e tem raios de padecenças, raios de pobridade, raios sem clarão algum, que a dor nem sabe onde alumiar a cabeça. Rodopiava de palavras e elas, em mim. Como se o dono das pegadas na morte estivesse descalço. Então não há morte? Descalço minha alma diante da lembrança de Ricardo Valerius. E de como lutou a meu favor na pétrea universidade. E a forma com que agora se tornava pedra, jamais aprovarei. De pedra, os filosóficos dilemas; de pedra, os sinais indecifráveis de sua passagem. De pedra, a pedra do corpo inerte. Relincham cavalos na filosofal redoma. E o que foi vivido é guardado para trás. Valerius* não divisou limites entre a saúde e a enfermidade que já o prostrava. Por não ver limites, o limite o viu e pronto! E foi caindo, caindo, até se destelhar. A glote? Dei voltas no passado e não volta. E quantos passados cabem numa só canoa? *Valerius filosofa agora com os mortos, filosofa pedra, ervas, árvores. E então vi a minha alma doendo e quanto era formosa. A fama é um arrozal, a dor é outro. E vamos, vamos virando flor, amém. E vi quanto a palavra frutificava, quanto podia trabalhar mais livre. E se tombamos por terra, é a palavra que nos levanta. E temos de gravar o reconhecimento do milagre de sair fogo da boca do amanhecer. E apenas saímos do real, subindo nele, como numa encosta. Já repararam se a dor tem batimentos de coração? Não, a dor é de secura desatinada. E até o tempo nos advertiu e era uma corça. Se ficássemos muito verdes, como ao capim nos mastigaria. E se ilude. Tenho Palavra e se reverdeço, é mais fácil esta inominada erva comer a corça, do que a corça, à erva. E vou agarrando tudo o que me agarra. Inclusive uma estirpe inatual, a dos fantasmas da palavra. O que nem Conan Doyle percebeu, talvez pelo fastio da rinchante fama. O que farfalha é vento? O que farfalha é alma?*

"Não tem orelhas os loucos" – asseverava Shakespeare. E não é preciso medir muito para achar um demente. Nem fixar as orelhas. Basta ver o que faz, ouvir o que diz e reparar o embaciamento dos olhos. E não é necessário avizinhar-se muito, Porque o louco é uma desordem vista de longe. E, portanto, sempre optarei pela civilização contra a barbárie, que é a demência vista de perto. E o louco não se importa se a vida é longa ou breve, apenas bufa com a luz, rilha na idiotia, chapinha entre o lodo e o caos. "E por mais que se estire a corda, ela deve passar pelo anel" – alerta um mestre sufista. E por mais que o anel venha a rodar, há de ser trespassado pela corda. Ou talvez seja isso a posteridade. Mas ela não tem ensinamento algum. E cada um dos contemporâneos vai julgando-a tão imóvel, que não é extensa como a História, *de* Heródoto, *ou estratégica como os* Anais, *de Júlio César. E a guerra é um atavio turvoso da memória.*

E pensar que depois de meu Dicionário, *quis o governo, indefeso de senso, colocar palavras num regime de propriedade agrícola, por faltar em Pontal mais atuante agricultura. E o pior, engendrou métodos feudais. Como se as palavras fossem párias, errantes de campo e fazenda, sem garantia no direito , subjugadas pela ganância e inabilidade dos proprietários. Todas se revoltaram e expulsaram os donos, exercitando-os na lenteza da força e da enxada. O que é fascinante é que obrigaram ao trabalho braçal alguns políticos, com suas ventrosas adjacências. Algumas mais eminentes do que eles. Digo, as barrigas. E a seguir houve um sucedimento emigratório das palavras lavradoras para o centro de Pontal. Aliando-se num movimento sindical, às operárias. Marx não cogitou nunca que a verdadeira luta de classes é a das palavras. E a história, se ela ainda existe, há de reconhecer-me a descoberta dessa longeva causa. E passo à outra, por modéstia, quase admonitória. A das palavras que são fantasmas que engendram outras e não alcançam ficar com elas. E isso é inconcebível com a razão, só com a polida fantasia. E fazer brotar fantasmas é apanágio que poucos contêm. E exige um percurso. Cada palavra fantasma tem sua história e é sabido serem muitas delas imortais. E o que essas incorpóreas vocábulas abominam é a indiferença. E às vezes tal condição é perigosamente onerosa. E é o calibre da infância que identifica essa eternidade das palavras. E eu só podia encher de alma o meu abismo. Ou minha pequenez. E fui adquirindo uma forma de santidade que não conhecera. Não era eu mais quem vivia, eram minhas palavras. Passei a levitar, elevado por elas. A ponto de desabitar o corpo e ser tomado de pura alma. Subindo aos ares atrás dos pássaros, ou eles atrás de mim. A lei da gravidade se desacelerava diante da antigravidade das palavras. E eu era levitado, como em alguns quadros de Chagall, sobre ignotas cidades. Raros me viram, por nuvens me cobrirem. E era estranhamente como me sentia humano, com uma intimidade divina que jamais adivinhara. Por ser levado em sonhos, como as almas. Porque a santidade me subordinava a essa loucura e a loucura à tal santidade, nunca entendi. Nem podia entender tudo. Bastava que as palavras me entendessem. E como vi Deus tantas vezes, arrebatado em Espírito, em que os sentidos todos se libertavam numa esfera mais inefável e alta, não explico. Nem posso explicar Deus.*

O caso é que o meu "eu" se reduzia sempre mais e Deus me capturara. Transportado de uma margem à outra do rio. E era insuportável amor. Por não nadar com meus braços, nadava com minhas palavras. E cruzei várias vezes de uma à outra margem. E a água não me afogava, nem o sonho era pesável. Vi o que só os sonhos veem. E porque tamanha alma não nos pode submergir, não compreendi. E afinal a eternidade não é para se aprender o que a palavra desvendou na alma e a alma na palavra?

E nunca se conseguirá explicar Deus. Porém, Ele, sim, poderá nos explicar. E explicar não é tudo, quando nos podemos enamorar de eternidade. E a eternidade não é tudo, quando o encoberto rebentar na flor dos olhos. Porque de santidade não se volta mais, como de loucura. E eu não voltei.

CAPÍTULO QUINTO

QUEM POSSUI OS significados *da palavra, começa a ter com ela boa e grata intimidade. E quem açula os pesadelos, desaprendeu a contar o que se indetermina, ou pode se desmanchar como uma laranja no solo. Porém, tudo se reabilita na voragem, quando menos se espera, ou não se espera mais. É o surto de esperança que tem a cor das cinzas que se esbraseiam ainda. Sim, os pesadelos são a deprimida penumbra da catástrofe, ou, por vezes, a catástrofe que deixou de acontecer. E é igual a uma mulher que dá à luz a uma romã, do tamanho de uma menina. Tal uma fruta que não quer se abrir para os rubis do cacho. E ao contacto do sol, tem pele e sobre ela, rebrilham hieróglifos. E posta a romã de cabeça para baixo, para melhor lê-los, não adiantava na decifração. Porque nem se sabe ao certo numa romã, onde a cabeça. E nos hieróglifos, o sentido das letras que careciam de um Champollion e nada. E esse foi um nascimento suspeito por não ter havido semente de homem. Contudo, a mãe tratou a filhote –romã com afeto. E a fruta, ao ver-se amada, começou a se tornar um círculo, como um ovo que dava voltas na casca. E foi-se desfazendo no miolo, esvaziando ao contacto do sol. E tinha uma boca na ponta, de onde não saía nem a clara do mistério, continuando sobre o lombo os hieróglifos. Tal um ovo monstruoso do cosmos. E a mãe sentiu que podia aleitar o círculo que mamava nas tetas e crescia febrilmente. Deitando e dormindo como uma criança anoitada. E sua existência ficava em torno de sua pele redonda, aromática, sem rosto. E os que dela se aproximavam, viram que rodava, quando lhe dizia palavras, a mãe. E alguém desconfiou que o fio dessa meada era de palavras. Mas não teve prova suficiente, caindo na incredulidade. E ninguém se fraudou com o fato de os hieróglifos não serem revelados. Porque há coisas que no universo permanecem encobertas. E é tênue o conhecimento da ciência, diante da imensidão da realidade. E os tais hieróglifos impressos de forma indelével sobre a natureza do círculo, eram letras que se esculpiam com o tempo, tal o camelo com sua esfíngica ossatura. Nem podia a mãe pôr o círculo ao colo, porque se agigantara. Porém, pediu com autoridade materna, às letras indesvendáveis dos hieróglifos quanto desejava conhecer o seu significado. E nem queria morrer sem desvendá-lo. Pediu perseverante, o que fugia do controle de qualquer pesadelo. Ou dos cientistas, por não ter a transparência de uma bolha de sabão, arredando conceitos de teorias, com que buscam definir, para dominar. E o enigma circular mostrou-se à mãe, a quem foi dado o desígnio, a uns, benigno, a outros, funesto. Adveio de um gesto filial do círculo, num simples sonho, ao escutar uma voz falando: "Os hieróglifos apenas se abrirão na eternidade. E seu nome é Palavra". Isso a consolou, até que, de vultosa estatura, o círculo passou a girar, a girar e desapareceu. E hoje entendo porque a Palavra era o círculo. E apliquei na prática, mais tarde, a lição ensinada por aquela piedosa mãe,(acrescida de atávicas inventações que registrei em meu* <u>*Dicionário*</u>*): quando sitiado por dois assaltantes que arrombaram a janela de minha casa, tentando furtar-me a minguada bolsa, disse a Palavra, riscando no espaço o círculo. E principiou a girar um* *redemoinho, com velocidade do raio, estrondando e prendeu os assaltantes dentro e não conseguiam desatar-se. Tinham facas e os desarmei. E distante, ao soltá-los de Palavra, passaram correndo, aterrados, pela janela aberta, onde haviam penetrado. Deixei-os ao destino que saberá o que fazer, com mais rigor do que a humana polícia. E entendi, depois disso, vergado de lembranças, que minha memória, em vez de andar de costas, andava pela frente. Adiante. E depois dessa experiência, afiei para adiante, ainda mais minha memória. Ciente com Swift que "neste mundo apenas a inconstância é constante". E entretanto, eu envelhecia, apesar de moço. E remoçara, sendo velho. Começava a ter outra vida. Qual? A das palavras. E alguns, pelos sinais divinos, de que era instrumento. Rodeava-me certo odor de santidade, ou a casta, ígnea fidelidade da loucura. Um olhar – não com a matéria – com o Espírito. E na cidade, o que me atordoava, é que me desejavam ouvir como profeta nas assembleias do povo. E eu até agora nem descobri que odor é esse, salvo o que vem do aroma das macieiras da Palavra, maior do que eu. Escutavam-me dizer: - Não sou profeta, sou uma Palavra apenas que tomou sentido. Sem dar-me conta da sublimidade disso, concedida a raros. Pegava a sina me soprando. E ao pé dos acontecidos, passarinhos rompem a alva. E sabia após desse significado: o de estar de alma toda, somente. Quando outros contêm uma partícula ou átomo de alma. Sou o que anuncia, o que depois é superior. Sou nada de Palavra! – Repetia. Sem que ela apoiasse minha repentina humildade. A profecia é coisa terrível, desafiadora. Ainda que morto o profeta, vive a profecia. E assim o povo não admitia que as sessões da assembleia ou das reuniões mais validas findassem, sem que eu me manifestasse sobre elas. E sem que buscasse, tinha palavras que se encantavam no essencial, com coragem, orientação de leme. E não é que me acatavam? E falava, não por gosto de ouvir-me, e sim, porque as palavras precisavam serem escutadas, mais do que eu. Quando* o mim, *comigo, ia sumindo, tal se partisse para alguma região estrangeira. Talvez seja isso a santidade, este tremor, esta espécie desvairada de fome para ascender a Deus, com alma do corpo escapulindo, como se de uma sala. "Quanto mais se é santo, mais singular" – alertava Leon Bloy. E com nitidez, o flamante Vento paralisava o meu navio, este corpo, balançando de um lado a outro, igual a um berço de menino e eu, menino eterno, por um pender terrífico, enquanto a atmosfera oscilava como candeia preso ao fio do teto. E eu era habitado todo de Palavra. Mas não vou comentar o que não preciso. Tinha vida completa na Palavra que se transfigurava. Sabia o sucedido na alma ao redor, suas histórias, desamores, dramas. Sabia de não saber. Por avistar muito para dentro, como de uma constelação.*

Perdoem-me, leitores, que me reconheça frágil, sujeito a chuvas e revoadas, pobre e rico, por não ter ouro na praça, tendo a fortuna dos sonhos e a via-láctea da alma. E se convier, às vezes, um jerico de símbolos. A borra terrestre tem vespas de estrelas. E caminho de alma é para cima.

Prudentes leitores, meu único luxo contra a friagem foi ter, ali, o fulvo fumo da lareira, montando a competente chaminé. No demais minha casa era modestíssima, constituída de uma peça, com fogão, mesa, cama, cadeiras, amontoados livros. Para que meus descosidos ossos não tiritassem, como antes. Fora o comer frugal, cabia-me nímia regalia. Enternecendo-me o lume dos relâmpagos na lenha. E me recordava de minha venatória passagem pelo meio acadêmico, onde fui um intruso, avesso às senhorias das oraculares pedras e ao rilhar dos cediços magistérios. Honrado apenas com a memória de Ricardo Valerius, já longe dos vivos. Nem quis sequer estancar esse tempo, nem deixei que me amarrasse, nem.

Aliás nada mais me amarrava e tudo se encostava nas voltas, para o alto. Era como se em canoa andasse pelo Eufrates, entre várias águas, muito fundas, e fosse um círculo a canoa e pelos metros de ondas me aprumava, para o rumar acima, tocando com a mão o céu bem baixo, tocando os dedos flexuosos sobre o populoso firmamento. E assim, no reviro do dia, guardando um, junto ao calcanhar, como se fora gigante e outro, enovelado na bota, fui com minha Palavra até as profundezas entravadas do rio, sem que afundasse, como em talvegue. Fui, e era então o mesmo infante que catava conchas. E vi, impulsionado, tal se um sonho fosse, que possuía, vigoroso, a concha do rio na mão. E a concha da mão nas estrelas, como amoras. Porque se imagina para não esquecer. E nenhum gramático enfia o nariz na mão com tanta presteza e acerto. Muito menos na água do rio se ajeita, por não querer molhar nem pés, nem mais nada, ao serem pescados adjetivos ou caudalosos advérbios. Quando sonhar é molhar-se com barro de sol, molhar os ossos mais brancos na luz. E troco a vertigem dos olhos, quando a natureza muda de gramática. E essa, que é bem avisada, não prolixa. E atino diferente. Na minha sintaxe, são os frutos que beliscam os pássaros e não o contrário, como se pensa. E jamais adoeço para adoecer as árvores. Na saúde não se corrompe palavra. Só a história é que tem orfandades. E no auge de discussões entre alunos e professores, fomentando-as, afirmei numa universidade: -Nada é indiscutível para quem já avistou amanhecer. Num susto se calaram. Tinham pedras, eram pedras. Não sei de saber muito. O meu recado não está no rio que barulha nas pedras, é para as pedras que barulham o rio. Perdoem-me, se o avesso, como a leitura de um espelho, me comove!

E historiei muitas vezes isso para firmar quanto é desproporcional a realidade. No início, poucos acreditaram. E me acostumei, agora quando concordam comigo, pego saudade de antes. Pois os sonhos não mudam de donos, os donos que mudam de sonhos e os sonhos mudam de palavras. E o extravagante é o que cresceu pelo lado errado. Meus sonhos crescem por todos os lados.

Serei um animal de outra espécie? Não, talvez Palavra de outra espécie, capaz de concentrar as outras, sem este tão atiçoso bom-senso, o que dou ao cachorro do meu vizinho, Zé Tomás, cão que se fez meu semelhante e meu irmão, quando lhe afaguei. E Zé Tomás é sujeito de boa índole e paz, sapateiro com oficina de esquina com a minha rua. E tem um aspecto fino, retilíneo, com certo vigor na achatada cabeça, semelhante a uma bigorna, de onde se acendem dois cabos de olhos, com chispas. Trabalha – dos pés às mãos, ao costurar na máquina o couro ou pregar as solas dos sapatos, que jazem ao lado do cão que ladra, vez e outra, com o som das batidas. E poderia fazer com o couro um tratado de alma. Ou de como ela é costurável. Prefiro contemplar o focinho e as patas de fome do animal, com o lombo ferido de sonolentas bordoadas. Por que as pancadas da sorte não escolhem outras vítimas e outros donos? Zé Tomás, parece-me bom, confiável, cônscio de seu ofício, embora o lombo do cão não diga o mesmo. E nem entendo o bater nos bichos, nem entendem que o homem é o único animal que maltrata o outro. Com orelhas largas, olhos com surdas funduras, ó meu semelhante, meu irmão!

Afasto-me, desenhando com meus passos, aos poucos, no lajedo, a minha infância. E continuo pensando no cachorro do vizinho e gostaria de tê-lo comigo, roendo vagaroso o bom-senso restante. Roendo, roendo certa carcaça de razão estúpida, arrogante da desumanidade.

Diz Teixeira de Pascoais que "a imagem das vacas têm maior nitidez que a das pessoas". Discordo. Para mim é a imagem de um cachorro, este parente desterrado nos cantos, tão íntimo de seu dono, que o imita na melancolia ou nos gestos irados.

É só igualmente *nítida: uma gaivota. E está tudo a acontecer, por já haver acontecido. Existir é lembrar. E não minto a realidade, ela é que me tenta mentir. E saibam todos que não deixo. Nem deixarei sem protesto que um Pablo Neruda, com seu indefectível cachimbo e boné, afirme que "sobre a Terra, antes da escrita e a imprensa, existiu a poesia". Não, Pablo, primeiro nasceu a geradora Palavra, depois os sonhos. E o que é poesia, só após, com palavras, achou suas imagens. E passou a ser catalogada a inocência da esperança. E se falo como um menino, é ele que congrega todas as formas da alma.*

Os lugares verdadeiros, leitores, guardem bem: são os que inventamos, ou os que nos inventam. Por isso diante do rio de Pontal, que senta ao conversar comigo, contando fábulas que é todo o nosso mistério, vejo que a linguagem evolui das águas para o homem e do homem para os peixes. E posso até nutri-los com palavras, por que não?

Estremecemos no intraduzível, porque a natureza vai mesclando amores. E os amores se enfeitam de realeza, a dos que sobem os píncaros de corpo a corpo, de chama em chama de espuma, amém. E me declaro nos ouvidos de Deus

Ou sem ouvidos. Principalmente a certos amigos que se aperfeiçoam em trair. Assim foi um tal de Professor Azeredo, que dava aulas particulares de inglês e que gozava de minha confiança. E me golpeou pelas costas. Pois não media as consequências para seus fins. E os fins é que o atropelaram. Nem falo. Vem a cavalo a justiça. E eu vou a pé. E é um provérbio líbio que adverte: "Maldito seja o amigo que me decepciona uma vez. Bendito seja o amigo que me decepciona duas vezes". E o que adviria da terceira? –Pode indagar o leitor. E respondo: o perdão de nunca mais achá-lo. É o que não desperdiça a paz.

Sentamos, o rio e eu e ele nunca pode passar de um ou dois. E ambos nos esforçamos de sair pelas ondas. E saímos. Ainda que nos busquem atirar ao fundo. Levantamos como as pálpebras dos olhos.

E tenho a constância, leitores, dos que enlouqueceram de amor. Que é a única loucura lúcida, com a de Deus. E escrever é educar a criança que somos, gravando na pedra, o vivido, para que brilhe ao sol. E educar uma pedra (Ó João!) é o quê? Ou é a pedra que nos educa? Como a um velho, tornando-o de novo menino. E as pedras se educam, jogadas no rio? Não, nunca ensinem a ninguém como escrever uma história. Deixem o rio conversar nas margens do texto. Deixem a história ensiná-los. A única lei é a de saber prosseguir. Os trilhos deste trem de águas seguem ao desconhecido. Porque se enchem de palavras. São elas que orientam a locomotiva em flor, carregam o jardim dos vagões. E é o canto que nos delata, para não dizer, um cântico.

A prosa é o trigo entre as ervas e a poesia, a erva do trigo. E não sei porque as coisas resmungam quando estão sozinhas. Sentamos e conversamos, rio, meu semelhante e meu irmão!

CAPÍTULO SEXTO

COM A *FAMA* de *meu* Dicionário e a intensidade com que me considerava ridículo, arbusto quase sem peso, sem nome, porque não veio nenhum na minha dita obra-prima – senão ALMEIRO NINGUÉM, por ser de tantos sem rosto, de vozes no deserto, de vocábulos foragidos ou extintos, de sortilégios perfeitos e imperfeitos, de girassóis e girassóis de alma.

Como sobrepor um nome, se apenas minha cara de barba e voragem me conhecem? E no entanto, tudo exige a propriedade, os direitos de uso ou imagem. Escrevi o de um tal ALMEIRO NINGUÉM, esse mesmo de Ulisses, que arrostou os ciclopes, retornando um dia à Ítaca. Nenhum outro, perdoem-me leitores futuros, porque vasta celeuma causa um nome. Até o Nobel, ou o transbordar das livrarias. Sou Ninguém, o Palavra, o que tem Alma nas costas, o que libertou os vocábulos de sua humana servidão.

O que se sabe que nunca saberá e veio sabendo. O mais louco de todos, a ponto de dar-se conta de que é louco. E guardem: as palavras , os sonhos e as almas apenas serão ridículos ao tentarem parecer que não o são. E defendo que ridículo é o mundo, porque ainda não se descobriu. ALMEIRO NINGUÉM, o que não se ocupa de morrer. Porque a Palavra não morre.

E a morte não dá avisos. Parece benévola e tem a mira engatilhada. E não se engana, ou atrasa. Não tem cheiro. Sem vergonha, ou remorso. Ataca.

Nem pensei que ela viesse tão perto, tão certeiro ao que me restava de coração. Não tem estado: é gaga, esdrúxula, impressentida. Nem se desperdiça. Ataca. Atacou meu pai e minha mãe. Morreram juntos. Num naufrágio de barco. Remavam e o casco se entornou. Longe da margem. E Régio quis salvar Albertina. E a água estava cega de morte dentro. Cega, ó meu amigo Eufrates, rio da infância, por que nada fizeste? A água estava cega e muda e o céu vazio. Nem gritaram. Foram afundando juntos. Como âncoras de eternidade. Juravam de amor, enlaçados, presos um ao outro. E o casco furado num grito. Afundaram como pedra. Uma noutra. Até as profundezas.

Rio, irmão desnaturado, não impediste o desastre, és o desastre! Ou talvez sejamos todos os que não vemos afundarem em nós, os que amamos. Afirmei que não choro. Quem chora são minhas palavras. Mas elas choraram tanto, que chorei. Vivi longe deles e perdi de não termos estado juntos. Perdi, não sei se eles ganharam por manter minha demência, lúcida e distante. Enterrei-os e nem aceitei os escuros do rio. Não sou cerimonial do destino.

Enterrei-os juntos, como se não houvesse morte diante do amor. O caixão pesava uma estrela, pesava depois um vento. E a caixa de madeira só reteve duas sementes dentro. Uma na outra.

O caixão não era barco e o que eles ocupavam, falhou. O caixão era um vaso e a morte não dá flores. Enterrei-os:

os corpos com sementes já em flor. Por tomarem velocidade até na morte, por havê-la esquecido tantas vezes, como ela se esqueceu de sua derrota. Não tem memória, nunca teve. Nem há vazantes de morte, só de vida. É nas cabeceiras que o sonho se apronta. E dei com a cara na casa de meus pais, agora mortos. Dei com a cara na ruína dos objetos, este adoecer das coisas sem os donos. Olhei os móveis velhos, o armário, os leitos, a sala. E o pátio com o celeiro: a vaca Delmira se finou, as tetas secaram de mortífero leite. Nasci ali e parecia uma abóbada, com celeste palha. Nada me era indiferente. e eu relacionava os objetos entre si, com ternura. Via neles a efígie de meus pais, como se retivessem suas vozes. Oscilavam ainda suas roupas unidas no varal. Observei os sapatos sob a cama e me apertava o peito. Com o eco de palavras reboando nas paredes. E sem regalo de medo, sim, as coisas agarram as falas, agarram ideias, costumes de gente. Tem mais gente em coisas que nem se adivinha. E o pio da noite, corujando, apesar das acendidas lâmpadas. Vi coisas que entranharam na sombra de meus pais. Coisas que de afeto não se economizam. E quem não avistou o que as coisas sentem, nada viu. Casa ferrujosa de repente e sem olhos. Casa murchando e eu, dentro. Pesava toda quilos e quilos de saudade. Até minhas passadas sobre as tábuas e não havia lua mais nenhuma. A espingarda de meu pai abandonada, pesando num canto do quarto, entorpecida. A coronha inchava. E um vento transitou com algum soluço no bule da cozinha. E se buscamos traços de vultos amados, corremos o risco de achá-los. E o tempo é um ruído entre silêncios enfeixados. E o que aturde as coisas é quando tudo é apenas coisa. Mesmo os donos. E eu compendiava os sonhos entre os atentos objetos. Querendo alguma infância? E jaziam palavras que se incubavam puras, acabadas nos meus ossos. E a única utilidade da dor é não servir para nada. Nem para um tocar de mãos. Por situar-se nos limites e ser tão uniforme. Sem o mínimo olor. Não, não se identifica e dói sem sabermos em que parte. A casa toda estava enferma. A morte ali penetrara, aproveitando-se da derradeira viagem dos meus pais. E a dor era veneno, que devia ser bebido, aos poucos. Depois vomitado. E eu vomitei.

E não era com as baratas, as moscas sobrevoantes, os corvos no quintal, a ameaça de gafanhotos em bando. Eu vomitei aquela doença de viver doendo. Vomitei em líquido, a saudade pelos olhos. Vomitei a febre que atormentou a minha infância. Vomitei a traição de discípulos ou amigos, por não poder confiar, a não ser na própria sombra. Vomitei governos, parlamentos, a democracia rota pelos vermes. Vomitei certa sabedoria que não serve para nada, por só se abastecer de doutrinas, sem vivença alguma. Vomitei pedras, rãs e pássaros. Vomitei estrelas e cometas. Vomitei o firmamento todo, porque se não há espaço para a trincheira do homem, há de haver espaço para vomitar. E pedi à Palavra, minha mãe, que também me vomitasse, porque me dava vontade de dormir, dormir e não acordar mais nunca. E ela não me atendeu a este pedido de misericórdia. Será que estou tão desmerecido de piedade, que nem Palavra me ouve? Vomitei as pedras, que então me vomitaram. E vi de novo.

E não deixei por menos. Fui brigar com o rio Eufrates e ele me voltou as costas., E não levo desaforo para casa. Ainda mais de rio irresponsável. Matou meus pais e nem sabia o que sucedera. Rio de ignorância crassa. Atravancada. Rio de nadas, tão fioso das prebendas, tendo peixes já saindo de andarilhos para fora. Ameacei tirá-lo de meu Dicionário, atirá-lo com a Palavra para longe de sua foz. E a Palavra não deixou, nem me ouve. Irritei-me com rio e que o sol não deite sobre a minha ira. E ainda os homens me falavam que eu detinha santidade. E não me resignava. Jacó combateu o Anjo e eu vinha cobrar a ruindeza do rio. Matou meus pais. E me foi virando as costas, arrogante. Quando me pareceu nunca ter costas. E eu que perseverara no sonho dos rios, risquei no solo um círculo e aí a Palavra me escutou (obedece as suas próprias regras) e o horizonte era um trovão enorme, bufante, ativado e amarrei os pés daquele rio. E então fui eu que lhe dei as costas, enquanto gemia como Prometeu acorrentado de Palavra no penhasco. Deixei-o assim até vê-lo arrepender-se, enrodilhado. – Mas minhas águas estavam cegas! – Bradou. Nem sabia que eram seus pais! –A cegueira é da alma! –Respondi. Tinha braveza de cavalo ferido. E me arredei dali por uns tempos, aplacando a raiva. E esvoaçaram mansidões brancas de garças. E eu fui ficando branco de novo, branco de saúde. E resolvi soltar a Palavra que prendia o rio, que voltou a fluir. Como um menino que ganhou surra na escola e se refaz. Limpa com água, suas águas de lágrimas. E reparei depois que nada mais podia ser feito, nada reparava a ausência de Régio e Albertina. E fiz um gesto, isto fiz:

arranquei aquele rio da minha infância. E me lembrei de Cervantes: "Não foge o que se retira". E retirei-me. Não carecia de rio, agora carecia cada vez mais de infância. Carecia de todas as infâncias da Palavra, desde o começo do mundo. E das palavras livres de arcaicas proibições. E tudo era alma, porque meu corpo também diminuía. Tinha muita alma e queria amplidões, queria elevar-se. E ali levitei sobre a dor, levitei sobre as árvores e o bosque. E vi: a memória é que fazia flutuar. E me misturava às estações. E me empurrava para adiante, adiante. E se relato, é porque já estou levitando. Sem peso, sou uma gota caindo no futuro.

CAPÍTULO SÉTIMO

DEPOIS DO FALECIMENTO de meus pai, botei à venda a casa, onde moraram. Peguei alguns objetos mais afeiçoados e o resto ficou para quem a comprasse. Pois acontece que me vou despojando. A luz não carece de peso. E me recolhi ao retiro, entre pedras. Recolhi mais dados para a 3ª edição de meu Dicionário, com o objetivo de esvaziar ainda mais a morte das fábulas, mitos, sonhos, restaurando-os, com seus significados no bojo dos vocábulos. Passando a ser exorcizada a morte. E se a tal era tão independente, não precisava de palavras e essas, por serem verdadeiramente independentes, não precisavam dela. E todos as palavras que se imantarem de santidade, hão de fazer milagres. Ainda mais se entrarem no território de Deus. E tive algum desconcerto de existência? Todas as coisas só existem, ao receberem nome, desde o Éden. Eu não tenho nome, sou uma invenção da Palavra. E talvez por isso é que haja escapado de todos os cânones. E o nome que foi criado – ALMEIRO NINGUÉM – vive um Outro de mim. E tem suas próprias idiossincrasias ou perenes circunstâncias. Há muitos loucos a vagar neste universo? E se os há, é por desarrumação do pensamento. Ou por sentirem no avesso da imaginação. E há vezes que não são os vulcões que me vomitam, eu que vomito vulcões. Porque a coerência amolda o Espírito, porém há um momento em que Ele não se amolda a mais nada. Então rompe acasos, divisas; inaugura nova potência de ver. Porque outra dimensão se manifesta, a Encoberta. Não há santidade sem a noção de se mexer nos desconhecidos. Nem se sustenta a loucura sem arrancos de oceano com seus fogos-pombos. E se descambasse no sonhamento de Deus, é porque Deus já me sonhava. Quando abri buraco na terra para ali pôr meus pais, cuidei de que a ambígua terra tivesse frestas de relva orvalha, para que, deitados, pudessem contemplar as estrelas. E por que não? Serem espiados por elas. E ao se tornarem a terra toda, poderão tocar o firmamento. E é tão escassa, que é preciso mandar tanger depressa os sinos para ver a bondade passar. E não duvido o que tem de escuro o sonho e de claridezas, a invenção. E me apeio de não pedir emprestada a esperança, pois carece do que ainda posso fazer com ela. Como um cavalo selado vai sozinho sem dono. Conhece a senda de casa. E vos digo, leitores, que meu projeto de nova edição do Dicionário avançou – não de uma memória que funcionasse nos atrasos e sim, para o novo tempo. Como uma conquista. E imprimi essa edição aperfeiçoada, talvez definitiva. E outros discípulos de países remotos a traduziram, com a palavra tentando preservar-me, já que me debilitara fisicamente nas agruras e trabalhos. Apesar do anonimato, era reconhecido e admirado pelo povo. A glória cintilava e eu preferia a cinza das brasas, do que pó, embora me homiziasse dentro da Palavra, como numa fortaleza, sem subir à cabeça a tal celebridade. A importante é a Palavra, não eu. E se não morre, escondido Nela também não morrerei.

E os sonhos me levavam a habitar todos os sonhos. Enquanto existirem, estarei sonhado.

Debaixo da alma, percebia mais alma. O corpo era um cesto de ossos. E não o fim da alma no corpo, mas o fim do corpo na alma. Até afinal voar sozinha, sem amarras.

Deduzi que na verdade a alma me ia lentamente devorando o corpo. Como se na altura Deus a chamasse e principiasse a ter pressa. E eu só queria entender a Palavra, porque Ela toda me entendia.

E não nego, leitores, escrevo aos círculos, como me acostumei a andar aos círculos na minha infância. E os círculos da língua podem até devorar-se, os gêneros fundirem-se, mas não se foge mais de deslizar, revoante, na linguagem. E o mundo vário e informe começa a tomar formas. Apenas tem fecho no amor.

E se não vaga aos círculos, é por teimosia. Os círculos é que nos levam, errantes, entre os giros dos planetas. Pobres dos que jazem nos úmidos escombros, ou entre asas que apodreceram. E os pirilampos-sentidos sabem quanto a razão cristaliza e se empedra. E foi quando de decidi dar ao cão de Zé Tomás os ossos duros dessa razão tão cordata. E os dentes do cão a trituraram e eu vi o animal feliz. Passei-lhe a mão na testa e o mandei embora. Ciente de que aquele benvindo e esfomeado cachorro possuía rara inteligência para o amor. E, aos poucos, cheguei à modesta conclusão de que a verossimilhança narrativa estava mais com o tal cão, do que a ossuda razão que lhe arrojei aos dentes. Criamos aos círculos, ou eles é que nos criam.

Sim, debaixo da alma, percebo mais alma. E debaixo do sonho, mais sonhos. Como debaixo da pedra, o alumioso limo.

Nunca fui só desde o ventre da Palavra, nem me devoto ao esquecimento. Quando me dou de palavra, ou alma, dou-me até nos fonemas e símbolos. Dou-me em riachos, cachoeiras, montanhas, aves. E não se edifica a história das palavras, sem a história de seu pesadelo ou loucura. Nem se aparta da santidade, o que é ao mundo a demência de Deus. Nem o prisioneiro deixa de dar voltas na prisão, nem a prisão deixa de ser circular ao prisioneiro. Nem há carcereiros suficientes para impedir que os presos façam voltas e mais voltas no pátio da memória.

Morremos de não escutar este cântico que a luz nos filtra. Meus pais estavam velhos, porém, não sofriam de passado. E o que nos sofre, isso sim, é futuro.

Nem creio que a ciência vem da dor, nem de uma parte da memória que se desgovernou.

Diz Kafka que "a partir de certo ponto não há retorno".

Já cheguei a ele. Ou ele me alcançou. Ninguém sabe as peripécias dos que nada têm de seu. E reafirmo: só morremos de não escutar este cântico que a luz nos filtra.

CAPÍTULO OITAVO

"SINTO QUE SOU pequeno demais para mim mesmo. Alguém teima em escapar de mim" – escreveu Maiakóvski. Porque o que lhe escapava era alma. E não conhecia o meu Dicionário, que nasceria muitos anos depois. Mas a pequenez que ele sentia, também senti. Roman Jakobson anota a forma trágica com que a sua geração na Rússia esbanjou seus poetas. Desde Blok a Khlébnikov com seu "verboceano", Iessiênin e o próprio Maiakovski, a ponto de Zamiátin contar em suas memórias: "Somos todos culpados (...) Blok está morto e jamais seremos perdoados". E essa impiedade continua ainda, hoje, em Pontal, e tantos outros lugares. E esse é um dos desastres de nossa civilização, pois quando ignoram seus cantores e os condenam aos museus, algo está sucedendo nas estruturas deste tempo, com o paulatino apodrecimento de camadas que o sustentam. E não é apenas o tempo que se corrói, são os homens que vão perdendo alma. E a demência é a gravidade que vai puxando para baixo, o nada que vai puxando a pedra. E os seres ficam imóveis, ou bruxuleantes. E estava nessas considerações, quando uma vara de porcos invadiu a cidade, na rua central, com olhar desvairado e um guinchar raivoso, de afiados dentes, entrando nalgumas lojas abertas, derrubando mercadorias, ou passando pelos portões de residências. Como se fosse um marulho de sonâmbula animalidade. E tal alucinação de sucessivos guinchos e focinhos atônitos cessou quando os porqueiros conseguiram dominá-los. E era a insensatez interminável da loucura, a disparada com que a morte derrubava os vivos. E assim pude eu descrever um pesadelo. Sem que me visse. É verdade que podia segurar com Palavra aquela vara de impunidade. Não o fiz. Como se não quisesse gastar pólvora, quando existia a municipal autoridade , capaz de detê-la. E para desgosto ou calamitoso dado, não houve nenhuma autoridade para apurar os fatos e sim, para confundi-los. Porque os fatos se somem nas versões, até que sejam tão convincentes, que substituam os fatos. Depois bateu o relho do vento, afugentando os pássaros. Ventava impetuoso o céu e as árvores vergavam, como se quisessem viajar junto. Não podiam, graças aos músculos da raiz. Os ventos tinham cavalos velozes, tinham muitos cavalos dentro. Foi quando vi que um porco que fugiu do bando, comeu alfaces, tomates e repolhos da horta de Otília, a costureira que cerzia roupas, botões, gibões e esperanças na esquina da praça. Até quando hão de os porcos invadir a história humana? Até quando ouviremos os guinchos do terror, da violência, da demagogia? O guincho dos bárbaros? E registro que os ventos nunca rangem em vão. Carregaram o Josefo, dentista, que sofria de asma alérgica, incessante. Asma de alma. Bateu pernas, botas e asas com um aneurisma. O grito, mais: um uivo. E lá se foi a humanidade dental de Josef, habilidoso com a dentadura alheia, as cáries, o tratamento dos canais. E tal se o corpo todo fosse comprida dentadura, a terra, entre lírios, o engoliu. Não sei porque o Vento tem tamanha avidez dos vivos. Vento é de Alma? E repito, a fim de que todos saibam: a vara dos porcos não é a vara do destino. É a da indigência. E que Deus nos proteja da indigência (parafraseio Voltaire), que do demais, cuido eu. Cuido, ainda que conveniente seja que fique calado. Cuido da inveja de falsos discípulos ou amigos, esses que, de última hora, nos enchem de lisonjas, ou exercitam a hipocrisia da bondade. Cuido dos que me cuidam, que esses podem ser os mais perigosos. Cuido de meus escritos, cujos erros de revisão – observava o irônico cidadão de Pontal, Otto Lara Resende, é "o único crime que merece fuzilamento", conhecendo a angústia dos autores diante das crocitantes gralhas, dos cochilos do insone revisor, com exceção daquele, digno de louvor, por melhorar o texto. Cuido-me dos escritores – e muito – sobretudo daqueles que espancam as palavras. Cuido-me dos pedantes que refletem com indigestão a ignorância humana. Cuido-me da história, para que não se intrometa na minha infância. E que permaneça intacta, livre dos historiadores, mormente dos burocratas do esquecimento. E não discuto alma, por contê-la em demasia. Embora ninguém possa dizer que a tenha pego em flagrante. Basta que sopre e se acenda. Nem debato com filósofos – ó Ricardo Valerius - por que deixaste sufocar-te pela ambição da glote? Porque se alma fosse tão tangível, como poderia defender-se? Como enfrentaria a agressão dos medíocres, ou dos que não vêem um palmo de alma no nariz? Ou como se protegeria da curiosidade inóspita dos arqueólogos, estes escavadores do impossível? –Quem toca nela, desaparece! – Argumentava, sorrindo, a saudosa Albertina, a que me adotou. E tinha voz tão branda, ligeira, voz de amêndoas na língua da brisa. Ou alma é tudo o que existe? Não. Alma dorme de Palavra, desperta de sonhos, alteia-se de memória, sobrevive à culpa ou remorso, que o espúrio silêncio recompõe. Alma não tem prazos; porém, vida depende do montante usável de nossas palavras. E só vivemos o que temos de palavras. Não, não agarro alma nos escuros, nem o escuro me agarra. Porque de luz é que me filtro e não me conformo com nada que não tenha luz. Por ser de Palavra. E veio a primavera e os montes de Pontal se vestem de tulipas, boninas. Num relance, "num abrir e fechar de olhos" brotam, quando as pombas se acasalam e arrulham na fenda das penhas, no oculto das ladeiras. Se nos distraímos, e não vemos a primavera, ela nos vê nas pupilas das jabuticabas, nas ovas dos dias e dos peixes, nos polens que pagam títulos vencidos de alegria, transbordando o ar prenhe de pássaros, sóis e arrebóis. Conta Rubem Braga, cronista de Pontal, que no primeiro domingo da primavera, havia um velho mendigo que possuía uma perna de pau e ficava à porta da igreja. E uma rica velhinha dava-lhe, invariavelmente, na entrada, uma grande moeda de cobre. E como era o primeiro domingo da primavera, fez uma exceção, oferecendo-lhe uma grande moeda de ouro. O mendigo sorriu e lhe ofertou uma rosa. -Que rosa tão bela, mendigo! Onde a colheu? – Perguntou-lhe, intrigada. – Nasceu em minha perna de pau, senhora! E o que brota de uma perna de pau, pode florescer de uma perna de esverdeante amanhecer. Ou de uma perna que vai pedalando flores na bicicleta. Essas são coisas de alma que também ganha rosas na primavera. E até as palavras explodem nas barbas comovidas do idioma. E se deixei por um tempo de atravessar o rio Eufrates, ainda molestado por surras de lembrança, ou lance de infortúnios, atravessei a Palavra, a nado, de uma à outra plaga, atravessei de sonho o nado, entre sílabas e águas de cinzas, E a tristeza não transporta nada, nem o álamo da chuva. Nada de nada e tudo pedra de memória revirando gerânios, pedra de sentar lumes. E conto o que me vai contando, de uma linha posta na agulha de enxergar e ouvir. Abotoando minha confiança neste idioma de infância que não acaba. Onde existe um porão sem o temor das aranhas-caranguejeiras do estilo. E uma água-furtada, onde pela clareira, mete-se a abobada cabeça da lua. E abobado era o anão Nivaldino, de metro e poucos de felicidade. Não possuía complexo de altura, nem carência afetiva. Sem a tal de metafísica, esta dor-de-dentes da consciência. Ó Josefo quantas vezes libertaste clientes dessa física e constante picada metalúrgica de incisivos, caninos e, agora, é útil teu ofício nos dentes das malvas e urtiga! Nivaldino era anão, como podia ser gigante. Um lastro da sorte e sorria muito. Era engraxate, junto ao bar ou na estação de trens, lustrando sapatos com a competência que as mãos lhe deram. Sua arte era a do brilho dos couros sobre as solas de nosso fortuito abandono. Conseguia dinheiros imprevistos, ora por sua deformidade (tinha uma cabeça enorme, de abóbora e olhos lustrosos, como os sapatos que engraxava), ora por seu júbilo que nele parecia tão desimportante, que era grandioso, avassalador.

Como um ser tão desprovido, açulava um ânimo sublime de acatar as coisas e de superá-las, resignadamente, não se compreendia. E quanto não se compreende, sob a tesouro do acaso que corta o que nem sabe. E o anão Nivaldino sentiu-se, lentamente, perder tamanho. Continuava sorrindo, porque o tamanho não é a prioridade do universo. E amava as formigas, por isso. E aconteceu de ver-se reduzido a um copo de gente, a um gole e a uma gota. E foi enterrado num espaço mínimo de caixão, onde o que dele sobrava, era brevíssima semente. Que até sorria na imensidade da terra. Esse tal bobo, era bem instruído de viver. Tinha alma livre, libérrima. E quando contemplo um broto de hortênsia, ou o brasão dos cogumelos, lembro Nivaldino. E nunca leu meu Dicionário. Consta de que era analfabeto – não de sonhos. E teria sabido, se o lesse, que criou no meu livro de imagens e vocábulos, um porão e um sótão, porque tudo isso é fábula da infância. Sim, contam que uma cidade do sertão tem um sino de ouro e o povo todo vive, sonha, trabalha em torno dele e nada mais importa. A fábula da infância é o meu sino de ouro. E o fato de minhas palavras terem chegado a um entendimento, transcende o amor, e elas possuem cheiro, cor e me contemplam na nudez da alma. E também essas palavras badalam: são meu sino de ouro. E não tive jamais o vago temor, ia-me destilando de felicidade. Com ar salino e límpido, o ar de nossa condição humana desamparada, respirava com o tal sino de infância ao peito. Tal uma borboleta que pousa numa pedra do abismo e continua inefavelmente borboleta. E nem se caçam borboletas, como antigamente. Com uma espécie de peneira. E todo o bosque era a borboleta. E não podia caçar o bosque inteiro. E ficava mortificado, ou porque eram resguardadas pelas árvores, ou porque me escapuliam. E o sol era uma guitarra que se atravessava. E borboletas não são argumentos. E talvez o sejam, quando a razão deixar de ser tão pétrea, insensível. Principiando a delirar. E numa sociedade de lobos, é preciso aprender a ser homem.

CAPÍTULO NONO

DEPAREI-ME COM UM menino radioso, cabelos loiros e distraídos. Assentara-se na margem do rio Eufrates. Junto ao entardecer. Aproximei-me. Segurava linha de pescar na mão. E surpreso, escutei dele:

– Quem fisga peixe, alma tem na boca! E respondi, sorrindo:

– Peixe é o que come e dorme pela linha. E avistei alguns deles, espiando. E o garoto replicou, filosofante. Duvidei do que ouvia:

– Quem pesca peixe é porque tem linha na alma!

E então perguntei:

– Alma tem peixe? E veio rápida a frase:

– Não. É a mão estendida!

– O que firma no anzol? – De novo interroguei, curioso:

– A ebulição do sonho é o peixe que se move! Aguçou-me. Insisti:

– E quanto se agita!

– As palavras se agitam mais que os peixes – acentuou, fixando-me e possuía muitos olhos. E retruquei, quase murmurando:

– E os homens também! E ele:

– A palavra é homem? Aventei:

– Quando tem alma. E assentiu com a fúlgida testa, acrescendo, com inusitada sabedoria:

– Outras vezes não! Sem cauda, silva e se esperdiça pelo corpo. Até ser alma. E de imediato, em voz audível, questionei:

– Então alma se troca? Paciente, com o cenho franzido, disse:

– Quem troca de alma, não troca de luz.

– Por quê?

– A luz é sozinha! E quando desejava saber seu nome, a noite , aos poucos, foi saindo, pulando da barriga de uma serpente. E o menino desapareceu.

Ao chegar em minha casa, depois desse passeio pelo rio e através do bosque, vi que fora devassada por estranho. Pela porta que não lhe resistiu. Entretanto, nada estava fora do lugar. E fui ver os manuscritos, também nada. Abri a Bíblia e a folheei, devagar, dando-me conta de uma palavra subtraída, arrombada, a corte de tesoura, cuidadosamente, num quadrado. Era a palavra do Salmo,108: 13. Um buraco de traça. A imortal traça, a traça inacabável, fruto de gerações roedoras.

Observei a página anterior e fora suprimido "um Visto" – que nada tinha de repartição, nem alterava o sentido.

Todavia, fora retirada a palavra essencial –DEUS – sem o que nada mais significava no versículo. Porque as proezas só as fazemos através de Deus.

Senti-me esbulhado de um tesouro do cosmos. Tentei controlar-me, por suplantar com meu amor às palavras, a lógica dos homens que traz "no ombro esquerdo um macaco e no direito, um periquito", segundo Jean Cocteau.

Achei-me impotente, desvalido. Não culpado. E nem chamei à polícia, com surdez e cegueira de nascença. Cabia-me restaurar a palavra DEUS, que, aliás nem carecia de ser restaurada. Porque com ou sem ela, "só com Deus fazemos proezas".

Sei que alguém muito desorbitado, ou demente, é que se deu ao gosto dessa façanha. E depois me veio de que podia ser alguém que precisava levar a palavra DEUS consigo. Ou carregá-la na mão para o Juízo Final. Mas por ser exatamente de meu livro, havendo tantos outros na praça?

Ou era doentia obsessão por ser o anônimo autor do Dicionário?

Não consegui saber o motivo desse saque vocabular. Reforcei minha porta e deixei que a Palavra me aconselhasse. Pois não fora subtraído o Espírito que cobria o texto original. Tinha a impressão de estar sangrado o livro por aquela ferida aberta. E tudo era alma. Um buraco de caos dentro da luz.

Depois com tinta escarlate, a mesma que atapeta as flores no mês de Nizan, o mês de abril, em Israel, colei no espaço vazio e repus a palavra DEUS.

E perdeu seu objeto, o furto. E o que sucedera, não passava de um ato de demência, nem alterava a história , nem a rota do mundo que voltava aparentemente ao normal.

Tive assim de tapar a soleira do Salmo e não havia morte alguma, nem de palavras. Fiquei sem agravo. Viver é um estado de conserto sucessivo.

E descobri mais tarde, o que Píndaro alertava: "Ai! Quão propenso é ao engano o ignorante espírito dos homens!"

Um rapaz que conheci durante uma conferência, por haver-me feito duas perguntas um tanto descabidas, o Demétrio, com pupilas esbugalhadas, dentuço, calvo, as mãos e pés enormes, foi o autor da façanha. Louco de pedra, louquíssimo.

O buraco que rasgou o livro, era o buraco de sua inteligência, o buraco original de Deus no seu cioso coração. O buraco da Palavra. E sua fome era tamanha, que a buscara toda para si. Mas a luz não embrutece, a luz não. E o impressionante é que aquela palavra o aplacou. Deixei-o com ela.

Há precisões de alma que nem sabemos onde começam ou acabam. Podem ser inclusive desmedidas ou absurdas. Demétrio intuíra com seu ausente siso, calvo e dentuço de demências, que alguma coisa de alma estava ali.

E em casa, enchi de silêncios o jarro, depois de violetas. Guardei de sobreaviso o segredo que não se sitiava no buraco que tapei na Bíblia, recompondo; nem apenas no vocábulo que Demetrio subtraíra. O segredo era a imensidão da intimidade não só com a tão subida ou beatífica Palavra. Mais ainda com Aquele-Que-é-O-Que-É. A Suprema Pessoa, em Três-Pessoas. E dos insondáveis sei, até aonde saberei por uma eternidade inteira. Pois nas cabeceiras é que se apronta o sonho. E efetuar alma de Palavra é o mais sereno, justiceiro ato. E vivemos de escutar este cântico que a luz nos filtra. Descerrando o céu, quando encostei a cabeça no travesseiro, como Jacó na pedra, e adormeci.

Sonhei que me encontrava num cenáculo, ao redor de uma mesa, entre escribas, cujas letras se assemelhavam a lentilhas que se escolhiam sobre a circular Távola. E o que eu escrevia, era copiado por outros, com iguais letras. Entretanto, o sentido do texto que era lido, não era o mesmo. Como se a imagem de um espelho deformasse os signos dos que me imitavam. Todos se quedaram perplexos. Tentavam reproduzir o que escrevera, novamente e o texto permanecia diferente. E se minha caligrafia era singular, rabiscando o mesmo número de vocábulos, todos espelhando o original, como haviam de conter diverso significado? Não entendi, nem eles. E ouvi uma voz que me falou na cavidade do ouvido, só para mim:

"Toda a diferença é o que o espelho não percebe e se revela, muito além das letras!"

Ao acordar, despertou-me também o sentido de toda a empreitada imaginatória de meu Dicionário.

Cada pessoa alcançaria nas palavras do texto, o significado que se revelasse peculiar e íntimo, para a própria vida e também para a história de sua alma. Daí por que algo me ultrapassava nessa obra, bem mais forte do que eu.

Após, meditei numa frase de Jean Cocteau, este voltariano da modernidade: "Os espelhos deveriam de pensar duas vezes antes de refletir". E pensaram alguma vez? Ou pensariam, sem que soubessem? Ou é de pensar que as coisas adormecem.

Calei-me diante do que me era mais assombroso. E é na cabeceira das águas que se apronta o sonho.

E muito mais palavras passam pelo moinho que o sonho pensa. E o tempo é que faz o monge. Quando a língua do poço no sonho não paga imposto.

E que imposto se paga à solidão?

Por ser arrombada a porta de minha casa, chamei um ferreiro para aferrolhá-la e depois veio o perito em chaves para a fechadura. O primeiro executou o serviço com indefectível eficiência e nem fixei seu rosto.

O segundo, chamou-me atenção, ao inspecionar a fechadura. Deduzi que ia trocá-la e examinei suas pupilas e rugas que se alçavam num terno e longo sorriso. Atalhando:

– Quem fez esse estrago? Forçou!

– É um caso à parte! –Respondi.

– Vou colocar esta outra fechadura – apontando a peça de ferro com a mão. É mais resistente. E ao concluir a tarefa, disse-lhe:

– Por favor, preciso de duas chaves!

– Sim. Não se preocupe!

– Preocupo-me com a segurança.

– Ainda bem que já mudei a fechadura.

– Sim. E quando me fará as chaves?

– Amanhã, se Deus quiser!

– Amanhã! – Exclamei surpreso. E ele sorridente e gentil:

– Meu filho, (tinha o dobro de minha idade) parece-lhe que amanhã é distante, mas não é! Amanhá pode ser hoje...

– Como?

– Depois de amanhã, pode ser amanhã. Não há pressa!

– Ficarei uma noite a descoberto!

– Para você, meu filho, estamos vivos. Para mim, estamos mortos. Não há pressa!

– Mas estou vivo! – Repeti, incomodado.

– Se tem certeza, não discuto. Venho amanhã!

– Eu lhe espero amanhã sem falta!

E fiquei apalermado de como o tempo virava de natureza e a natureza do homem, vai virando de tempo. Por andar em círculo.

E vi, ao caminhar pela praça, um conhecido de adolescência, o Nêmio, com sua carroça puxada por dois cavalos probos, de família. É robusto, moreno, pequeno, atlético, habituado ao uso da força, ao transportar sacos de milho, ou arroz, ao celeiro municipal, que é cooperativa de produtores. Sua carroça estava repleta de cereais. E pareciam povoar também seus olhos.

Mostra-se ditoso com seus cavalos e os nutre de alfafa, põe-lhes água. Atravessa Pontal com as mercadorias . Quando exausto, retira os cavalos da carroça para descanso.

– Gostas do que fazes? –Perguntei-lhe, certa manhã.

– Mais do que pensa! –Respondeu-me, um tanto respeitoso, já que andávamos distanciados.

– E não ambicionas mais do que tens?

– Basta-me o que Deus concede.

-Se tivesses um caminhão, poderias ter mais lucro.

– E meus cavalos? Não me agradaria, ainda que eu o ganhasse de graça....

– Nada esperas da sorte ou dos homens?

– Nunca imaginei isso.

– Então dizes o que imaginas. Se a imaginação vai bem mais longe?

– Não imagino, ela está imaginando por mim. E me despedi. Porque havia sabedoria nele, essa que vem de dar ouvidos à vida. E o que se aprende em viver, jamais se ensina.

E nem tudo o que serve para nós, serve aos outros. E sem imaginação, não há mundo.

O tempo é que faz o tempo. Quem tem saudade é que nem passarinho no córrego. Vinha saudade dos meus pais, saudade do bosque chilreante, saudade da vaca leiteira, saudade até do celeiro que me albergara nascido de alma. Calo-me. Não apenas de saudade, este córrego de passarinhos.

A saudade principia, quando se enche de água. E a água se enche de sonhos, como uma pedra pelas reentrâncias. E a pedra teria saudade dentro?

Melhor que pegar saudade pela mão, é dormir, dormir muito, muito. De futuro.

E a posteridade pode nos beneficiar com alguma coisa?

Primeiro, porque ela está nos sonhos e são eles que nos aguardam lá adiante.

Segundo, porque é um tempo que demora a chegar e se cansa em demasia de chegar.

Terceiro, porque discípulos e estudiosos consideram o meu Dicionário, um monumento barroco que ergui no bronze.

Mas o que o bronze tem a ver com o tempo, ainda não deduzi. Talvez pelo prenúncio de durar.

Todavia, que o tempo soa como bronze, disso me certifico.

E a visita dos discípulos, dos exegetas ou da imprensa faz com que me oculte. E é na Palavra, o esconderijo.

Tenho infância que não se esgota – isso sei. Porém, por obstinação, um aprendiz do Dicionário, seu leitor inveterado, rompeu o cerco. E me alcançou. Nem entendo, porque estou sempre atrás da Palavra.

E o discípulo não é fragmento do Mestre? Seria valioso que fosse mais eficiente do que o Mestre, mais ousado.

Não há limite na alma, quando já estamos na infância do sonho.

"Ao armar-me de Palavra, armo-me de Deus" – pensei. E ali estava um aluno, Petrus Nehemias, de ombro recurvado, mexia-se como uma tartaruga. Desconjuntado, apaixonara-se pelo livro, achando-me, apesar de ser meu endereço ignorado até pela editora que o publica. De meia-idade e precoce velhice. Era ávido de saber. E me indagava porque não falara no Dicionário como se acende a Palavra, para ele a mais difícil arte. Ora, por que me compete explicar tudo, se o meu texto ensina o que se vai vivendo de se almar. Não é como desembarcar de um ribeiro e pronto? Mas não me neguei a responder-lhe: - Se não citei o acendimento, é porque o que tem a labareda, já sabe o que fazer dela. – Acender-se-á com fósforo a palavra? – Não, por já possuir o fogo: o fósforo não passa de um símbolo. Quem tem labareda acende palavra, acende o mundo. E vi que ele foi entendendo. Até aonde era viável.

Lembrei-me de Shakespeare, que me ajudou: "Quem deseja fazer depressa uma fogueira deve começar pelos gravetos"

E para haver labaredas, é preciso ter alma de labaredas. E teria ele isso? Petrus afastou-se com gentil menear da cabeça. O homem era uma tartaruga. E a tartaruga, um homem.

Dou voltas no que não compreendo, até que me compreenda. Ensino, descobrindo: invento de haver achado.

Chove. E coleciono guarda-chuvas, na medida em que os extravio. Seja em palestras, seja nalgum bar. Como se fora sócio do fabricante de guarda-chuvas de Pontal.

O que demonstra quanto me protejo das trovoadas e da água despejada pelo céu, e quanto persiste chovendo, enquanto não esgoto palavras.

E contra elas não há possível guarda-chuva, nem o da memória.

Os guarda-chuvas não farejam os donos, como as ovelhas.

E por não terem memória alguma, nós também os extraviamos de nossa memória, numa compensação entre febris desinteligências.

Adquiro e perco. Einstein possuía dois, um em casa, outro na universidade. Distraído com ambos.

E o único guarda-chuva que recordo invariavelmente, ficou inacessível, de estimação, insubstituído. E foi o que abandonei no fundo de minha infância.

Era esburacado e mágico. E se olho para trás (não devo!), vejo o que desperdicei de esperança. E o que na esperança desperdicei.

Depois, de um círculo a outro, propus a comparação entre o guarda-chuva fechado, águia encolhida e a águia, guarda-chuva aberto.

A seguir comparei o poço do céu que deságua e o voo da águia, guarda-chuva esvoaçante, entreabrindo-se. E me lembrei, por associação, do interrogante verso de William Blake: "Sabe a águia o que há no fundo do poço?" E contesta o sábio – zen japonês: "Não se vê o fundo, não existe mais água". E desse diálogo entre o bardo inglês, nascido em 1757 e o nipônico, que publicou A Flauta de Ferro, em 1783, prefiro a pergunta, por já ser uma resposta.

O poço é a alma, onde mergulhei meu Dicionário. A águia, o Espírito; a roda, o povo. Por não se ver o fundo, não se pode afirmar que carece de água.

Ao existir o fundo, é que começa a promessa de água. E ter fundo significa não haver ainda acabado o poço. Como não se acaba a alma. Nem cessa a infância. Porque é característica delas também verem a águia. E se a águia corta a tempestade, a tempestade não corta a Palavra.

E é de considerar que a águia já tem o fundo do poço dentro de si, é o fundo de água que apenas ela vê correr: por haver subido ao píncaro de seus olhos. Um Poço que voa.

Dou voltas no que não entendo, até que me entenda. Sofri de sarampo na infância e dava voltas na cama. O perigo é estar debaixo da água sem respirar a leveza da luz. Ou não ter mais luz alguma na palavra que nos sirva de bússola, quando a navegação é tão veloz, que estamos severamente parados.

Dou voltas nos sonhos, até que se revelem.

Um dia meu pai, ao deparar-me acordado na madrugada, com livros, cadernos (de letras herméticas, para ele), alertou-me: - Dorme, repousa! E lhe repliquei: -Pai, se não busco desde cedo, estarei me enferrujando!

– Não sejas obsessivo! – E mostrava-se nervoso, levantando a voz.

– O que faço é mais importante que o pouso das minhas pestanas – sussurrei. E ele se apartou dali, incomodado.

Depois não mais me molestou. Sem quebrar o protocolo não se vê a glória do alvorecer. E foi assim que fui sabendo o que era a luz bem antes. Éramos de mesma infância, ela e eu.

Sim, dava voltas nas letras com muitos ouvidos. Dava ouvidos a Deus na Palavra que me cobria. E eu só sabia demoroso madrugar. Num sonho dentro de outro.

E foi dando voltas no quarteirão e na manhã, pelas redondezas da casa, que conheci James Trovão. Imenso, nariz adunco, olhos fumegantes. Olhei os dedos grandes do pé numa sandália. Depois os ombros de aramado. Tinha voz tonitruante, com trovão de nascença. Como eu, de palavra. Culto, professor universitário.

Era um trovão apagado e assim que leu meu Dicionário, emergiu o lume que agora reluz à vista de todos, sobretudo dos alunos. E falava a respeito de trechos de meu livro nas aulas. E frequentou as palavras que também o frequentaram.

Seu salário era complementado pelos progenitores, com recursos. E era para a compra de livros, o que lhe concedeu erudição pouco habitual entre os colegas. Porque em Pontal de Orvalho apenas se adquiriam livros que se tornavam fundamentais, sendo infelizmente matéria de luxo para a maioria dos que lecionavam, mal cuidando do próprio sustento. Até a alma era um luxo para o enfraquecido corpo. O que possibilitaria uma paráfrase sartreana: "luxo é para os outros!" E ao seguirmos ao infinito esse axioma, chegará o instante em que "o luxo é para ninguém".

Relato nosso encontro casual, em que me reconheceu e veio cumprimentar-me pelo Dicionário. Quase lhe disse: não cumprimenta a mim, mas à Palavra. Ele estava um tanto embargado – observei pelas nuanças de seu trovejar, E certa emoção nos olhos: um castor de fogo.

– Seu Dicionário me tem ajudado! – falou. No princípio trouxe medo.

– Medo?

– O medo de que movesse o meu tempo parado.

– Ora, o tempo só para, se o deixarmos!

– Não deixei. Venci o medo e fiquei sobressaltado com a ciência dos sonhos e da alma.

– Por quê?

– Vivia confuso, como se estivesse dentro de uma pedra e...

– Sim?

– E o meu tempo começou a andar com a imaginação. Tenho restaurado a infância de meus alunos com a nova infância da linguagem.

Agradeci e me convidou para conversar com sua classe de estudos. Disse que ainda iria, não sabia quando. O livro que não perturba o próximo, nem lhe causa reação, desmerece existir. E depois recordei um provérbio chinês: "Uma jornada de mil quilômetros deve começar com um só passo".

Dou voltas no tempo e percebo quanto o negócio imobiliário se retraiu. Custei a vender, a preço adequado, a casa de meus pais. Um colapso econômico atingiu ricos e pobres. E vi um homem na praça falando de fantasmas, com tal veemência, que alguns o julgavam esvaído de juízo. Ou melhor, com a vasilha da cabeça furada.

– O juízo se esvazia de água! –Murmurou o dono do bar na praça. E o tal homem repetia:

– Ali está o fantasma, ruma naquela direção!

Provocou uma aglomeração de espectadores. E foi quando fui cogitando de como a razão vaza água e não sabe. Ainda mais ao escassear na cidade, com o rio Eufrates (perdoei-o!) magro, quase seco. Como um cristal estilhaçado. E eu que acreditava somente nas alucinações dos sonhos, das almas e das palavras, jamais contestarei os fantasmas. Embora a realidade – não nego! – seja um hausto de saúde. Jamais contestarei quanto a memória prevalece sobre a imaginação. E quando escrevo, vou, morosamente, desenhando uma imaginação que, em círculos, imagina. E se havia uma fenda continuada, de algum desastre antiquíssimo, extravasava com o Vento, se impetuoso, carregava sempre alguém com ele. Aborrecido de andarilhar sozinho.

Previ, aliás, que nenhum gesto era casual dentro da memória, entrando os atos numa ordem maior. O que parecia sem significado, através dos sonhos, transparecia sua necessidade. E a língua da alma, antes pantanosa, era concisão do espírito. Pois a alma não maculava a natureza, essa que, às vezes, maculava a alma.

Nascido num celeiro, errante por tantas cidades em conferências, assegurei-me que alguns homens dependem do dinheiro, outros do poder, outros de um amor defasado, outros dependem do céu, outros, como eu, mais raros, dependem da Palavra.

E de antemão, com as experiências, dei-me conta de que a flecha cega não atinge o alvo. E que alma é uma vastíssima lucidez antecipada. Nem há labirinto grande suficiente a perder-nos, quando nos deixamos ser levados pelo Espírito.

Num beco assisti a uma cena aterrorizadora. E não era o beco de nenhuma estrela. Era ali, na cidade, diante de transeuntes – porque o beco conduzia a um restaurante com saborosos manjares. Um cidadão de meia-idade, lívido, soltou dois ganidos lancinantes e gritou: -Estou mal! Morte! E era inimitável o gemido final, gelando-me as veias. Fui ao socorro. Não mais respirava. Um fulminante enfarto.

E com os ganidos, acordei-me do cachorro do vizinho sapateiro, meu semelhante, meu irmão!

Como somos animais na dor, cães entorpecidos de morte! Ganimos, sim, por um hiato, uma ração de vida a mais.

Ganimos com o corpo que se dilacera, para a alma, liberta, salta fora, além do ganido.

E debaixo da pedra do esparramado corpo, que musgo ainda nos sonha?

Deus vai aos círculos. Deus vai pelo meio da Palavra. E a Palavra pelo meio de Deus.

O orvalho de Pontal está branco de sonhos e almas. E ando declinando de corpo. Atacam-me as vespas diabetes.

A terra quer-me bem – eu sei – mas vou adiando. Porque de mim, sem valimento morro. Entretanto, de Palavra não, não morro nunca de nunca mais. E essa certeza firmo embaixo, amém.

Não sonho mal, sonho cada vez mais esperto, vendo tudo. Cavalos voltam aos cavaleiros e sonhos voltam aos donos.

E o chão só queima por falta de Palavra. Como o rio, agora, com falta de água.

Vou aos círculos e fui cercado. Era um político de gentilezas nas vésperas das eleições. Um tal de Taves, com rosto de galã de cinema, voz de barítono, modulando-a conforme a promessa. Mantinha a elegância, a custo. Não sei se possuía alma, talvez tivesse alguma frincha de alma para iludir.

Afirmou, pretendendo agradar-me, haver lido o meu Dicionário , o que não creio. Esse tipo de político não lê, nem é legível. Em nenhuma parte dos olhos. Ou dos óculos. Por que se o fixo, já o conheço de ver. E pior: nem é passível de se fixar.

Veio pedir meu voto. Nome não pude dar-lhe, pois não o tenho. Achou que eu me chamava Almeiro Ninguém. Sou um ninguém de almeiro somente. Não compreendeu, nunca compreenderá. Nem a léguas ou séculos há de compreender qualquer coisa. Ninguém não existe e pronto. Meus dois pequenos jericos de barro que coleciono são mais confiáveis. O cachorro do Zé Tomás, sapateiro, é mais confiável.

Comentei-lhe um outro porém: não possuindo nome, não podia votar.

Empalideceu. E se foi, atravessando os passos. E eu ria muito sozinho. Ou minhas palavras riram. E tanto já vi políticos mudarem de cara, mudarem de alma, escondendo vocábulos e sinônimos com outros, desde o berço. No giro do povo. Tanto vi, que poucos políticos são inocentes. E meu voto, ó Taves, ó Taves sem aves, ávido, meu voto é ninguém.

Inacreditável! Subi ao monte e lá encontrei o círculo de sulcos e pedras que visitava na infância. O marco de origem das coisas primordiais que rodam entre Alfa e Ômega. E não estranhei de que até o monte desse voltas. Talvez aquele círculo, feito por ancestrais, fosse a fonte do mistério que rodopiava como esfera na sua essência constelar, quando criei o Dicionário. E essas palavras também me foram criando. E o que viaja à infância, retorna. Quem diz que na vida tudo se finda? Não sabe. Tudo nem termina de terminar. Dorme-se de semente, levanta-se de flor. Deita-se com noite, esconde-se de amanheceres tantos nas ventas que a luz não encanece, nem se enviúva. Vai virando de um desamparo pelo pé, até ao amparo se entreter, amortecendo. Tudo nem termina de começar. E dando voltas, recomeça. Sim, diz Kafka: "a minha forma de cavar produz muito pouco ruído".

Entanto, ruidoso foi o tal político Taves, leitores. E certa cortesia profissional, certa forma de enganar, sorrindo, conseguiu elegê-lo para Deputado de Pontal. Sem meu voto. Com um número suficiente. Como um aluno que fosse aprovado em grau mínimo. Qualquer centímetro desvirtuaria o fluxo dessa ambição. E sua ambição, como a rosa dos ventos, não mudava, deslocava-se. E tudo era a roda grande da democracia que ora tinha a cara da morte, ora da vida.

Estavam perto de mim, as estatuetas dos dois jerico de barro, e embora eu fale sozinho, quando me ri, elas devem ter-me escutado. E as coisas falam: os bichos e as imagens. Cada um de modo diverso.

Sim, quando soube da notícia de Taves, o político, eu me ri muito. "Aprender a ser livre, é aprender a sorrir" – observa Octavio Paz. Talvez até risse de mim, ou como a democracia gera os seus simulacros. E recordo meu pai, quando escalava os montes com dois companheiros e eu, atrás. Na via que transitava pelo bosque, com lugares inóspitos, meu pai sentou no tronco de uma árvore e começou a rir. Acho que pelo cansaço, pela aventura. E sem se darem conta, todos riram. Como rirão de nós, as futuras gerações. E defendo a tese de que o riso também é próprio dos bichos e de certos sonhos. Podemos então rir do que os outros nos fazem, ou do que falam às nossas costas, ou de quanto omitem nossa justiça, como se tolamente não víssemos.

E rir de quando nos ferem e nada, nada afugenta mais estes meus marimbondos diabéticos.

E mais ri ainda dessa nossa condição: a dos homens e mulheres, irmãs dos homens. E a de certas vaidades ou arrogâncias que gostaria de que fossem abertas como por uma faca. E não me ergui da mesa tosca de minha casa, lembrando. E me veio a imagem ridícula e dorida de Álbio Veloso. Esquelético, escuro e com altura de girafa. No preceito de que algumas pessoas a animais se parecem. Seu prenome se aproximava de um álibi, sem pistas e tinha um defeito na viração, além de outras esquisitices, como a de usar roupa de frio no verão, e de verão no inverno, tal se possuísse temperatura diferente dos demais mortais. Contava com "o preço do peixe que ainda estava no rio". Se alguns ficam conhecidos por beber muito, incomodando o próximo com palavrões ou dizeres enfumaçados no ouvido, ninguém engarrafava no estômago de Álbio, gotas de cachaça, conhaque ou vinho. Sobretudo no bar da praça, quando cartas e desvarios se entrelaçavam, de um trago a outro. Álbio assistia de lado, com o rabo dos olhos. Já grávidos de rotas inatingíveis.

O pobre queria uma chefia num emprego municipal, e de antemão já escolhia fulano e sicrano como possíveis auxiliares.

E pedia ao pai do prefeito, o primo, o irmão e tudo pairava no ar. E o peixe não vinha no seu balde, nem o emprego.

Era de rir? Não de chorar. Das avoantes gaivotas e promessas, recolhia cocôs na cabeça. De um "pode ser ", julgava acertada a prebenda. E nada! Não sabia quanto certas palavras eram extraviadas.

Causa de motejo, entre o povo, continuava devaneando. Nem queria escutar a verdade. Metera nas ideias que seria chefe municipal e não havia fronteira alguma de realidade.

Desacreditado, aguardava o esponjoso cargo que não lhe mordia o espinhel - pobre como ele - nenhum peixe arisco, peixe que só lhe beliscava o anzol burocrático. Sem o fisgar.

Alguns sonham ser ministros de estado, senadores, ele queria ser chefe num emprego municipal. Contava com o peixe que ainda estava no rio. E lhe faltava isca.

E a isca poderia ser uma palavra certa que puxasse o peixe e ele não a possuía.

Shakespeare, incrédulo, afirma que "palavras não pagam dívidas". Mas pagam sonhos.

Aliás, como é embrutecida e estúpida a luta de interesses, seja por benesses ou cargos, seja por um espaço na escada, ou na escala social, em que mendigos ou aristocratas guerreiam e os degraus são breves e a ambição larguíssima. Aqueles se batem aos socos e empurrões, e esses, nas galhardias da política, ou da sedução civil, dissimulados.

O que é jucundo: o método - nada filosófico, com o descaridoso egoísmo. Estatuto da sobrevivência? Não, estatuto das feras, onde a carniça se expõe aos dentes que se digladiam. E os corvos, à espreita.

A trituração é a lei?

Eu assim não pensava, por isso nunca ambicionei sinecuras. E nada tendo, de tudo fui me apropriando.

Não creio na teoria, como Machado, creio na boca, sobretudo a dos dentes.

Quando assim me distraía, perambulando pelo bosque, entre acácias, tropecei num formigueiro ensurdecido, meio embuçado por um seixo e pelos cogumelos.

E morderam meu pé esquerdo que cambaleou desatinado, com alguns espécimes, estes mínimos dinossauros. Sôfregos, comunitários no ataque. Gritei e joguei as formigas para o chão, apressando-me.

Por penosa coincidência minhas ideias se enegreceram, como elas.

Sempre nos sujeitamos a estas gotas negras e vívidas da inveja alheia.

Reencontrei na praça, com terno cinza e borboleta no pescoço, como se a tivesse espetado numa amarelenta página, o tal de Taves, político, enfileirado nas hostes legislativas.

Fez um jeitoso agrado deputadíssimo à minha cachorra Letícia, de que depois, leitores, vos falarei, esgarçando a espumosa dentadura. E nem sei se era sorriso, ou esgar. E se vos falo, é porque faço amanhã, o presente. E depois de amanhã, hoje.

E a esse parlamentar cumprimentei, mais oficiosamente possível, num gesto que até podia ser decifrado como obsceno. E não era.

Meu inconsciente é voluptuoso e se perturba com as atrofias de nossa cortês mortalidade.

De perfil, não de homem, raposa. As que devoram as vinhas.

Por misericórdia me abstenho. Com a lástima de como somos arrivistas na fortuna e míseros na tribulação.

Não perguntei ao cão as impressões quase oraculares. Parece ter suspirado, eliminando viáveis créditos à angelitude humana.

Ao chegarmos em casa, atirei-me na cama e sonhei que era o poeta Horácio, ao lado do mecenas Augusto. E nenhuma Ode concluí. Não, Augusto era aquele ser canino deitado comigo.

E talvez eu tenha sido um sonho do meu cão, ou o sonho de um, que foi penetrando no do outro, em elo de imagens que se completavam. Porque de repente eu era o cão e depois, o cão era eu.

Há certa benevolência da imaginação, quando sonhamos.

Quem me despertou foi Letícia, ao lamber-me a cara. E Horácio não arrematou a sua Ode. E pairava uma unidade universal , de que não suspeitara antes.

Escrevo dando voltas e a hipótese incontornável é a de que todos giramos na mesma roda. A do Planeta, ou a do Espírito. E a vida estava na roda.

E o dinheiro rodava e o recebi da venda do imóvel, onde residiam meus pais. Não o coloquei em banco, por não acreditar neles, nem escondi sob o colchão como alguns antepassados. Enterrei numa caixa de madeira impermeável, sob o assoalho de pedra desta casa, com mínimo porão, longe de vistas indiscretas. Reservei o básico para me alimentar e foi quando – agora explico, leitores, adquiri o tal cão, aquinhoado pela galanteria legislativa. Porque as palavras não se contentavam mais com minha adjunta companhia. Nem eu, comigo. Pelo fogo de alma que me fazia volátil, se não me acautelasse. Perdia peso, perdia corpo e o corpo traído também me perdia.

Adquiri essa poodle fêmea, de cor cinzenta, do veterinário de Pontal, Dr. Arísio. Gordo, bonachão, que tratava os cachorros filialmente, chamando-os de "boas almas". O que mostrava certa perícia que alguns humanos não contêm: a boa alma dos cães, alma nobre, incapaz de maldade ao dono. E me enterneci pelo animal, ao revê-lo de repente. Por um gesto.

Havia vários filhotes em torno de uma tigela de leite. E o primeiro que correu para mim foi esse. Era o escolhido que me escolhera. Dei-lhe o nome de Letícia, em homenagem a uma Nuvem famosa e cavaleira andante de Pontal.

Comprei-a e não digo o preço. Tinha um meio metro de manhã ligeira. Coloquei-a no colo, mansa. E a trouxe para casa. E falamos logo um com o outro. Acaso não descobrirá com as palavras o idioma da alma? O do Dicionário que inventei, me inventando e era coisa viva. Por isso não comentava a forma de acender palavra, ou acender alma. Como explicar coisa viva?

Não, coisa viva eram os olhos de Letícia, a cachorra. De negro veludo, faiscantes. Como se viessem de outra idade. Orelhas espreguiçadas, uma dentuça e pelos sedosos. Andava, feminina, agitando as ancas. Ia para a rua com ela, sob coleira levíssima. Fitava-me fundo. E como nos falávamos. Entendia tudo. Cachorra poliglota. E quando calávamos, era igual a uma pedra na água. Dormia ao meu lado e se deitava sob a mesa de trabalho, ou às vezes se punha sobre a mesa. Latia quando alguém se avizinhava. De uma humanidade que as palavras aprovavam, tal se houvesse aprendido a lê-las, farejando. Os seus olhos eram profundos como se viessem dos sonhos. Alma animal, alma humana. Dava-lhe água, ração e ossos de parados raciocínios. E às vezes o meu cão engaiolava sabiás nas pupilas. E como um passarinho de patas e grandes orelhas. Olhava confabulando para mim.

Saí com minha cachorra, de coleira a tiracolo. Parávamos e seguíamos. Era leve na mão por adivinhar meus tardos passos.

E de longe como um vulto contra o gélido sol que se encolhia, avistei uma mulher na esquina da avenida, junto ao muro, com sobrancelhas arqueadas e sombrias. Esmolava, tendo uma gamela de moedas brilhando. Ao passar por ela, atirei-lhe uma moeda e me olhou enviesadamente. Como se fitasse uma pedra e ela inerte, fosse outra. Porque não via alma esfuziando. E doeu-me: pedra sobre as pálpebras. Disse-lhe que era frio e não devia continuar ali. Cobriam-na alguns panos, à feição de casaco. Assentiu com a testa enrugada e desapareceu noutro dia. Soube que era cega e a fome crescia com seu herbário negro. E eu não tinha mais palavras para cobrir a vergonha da fome, a de uma mulher estar mendigando o que não via. Tal se fosse toda a humanidade envergonhada. E eu tinha palavra e não me coubera fazer nada. Salvo se descobrisse a causa daquela fome que começava a engolir Pontal. Como uma lagarta aos girassóis.

E a fome não tem pai, mãe e avós. A fome é solidária, desigual, coletiva. Pode iniciar com a invasão dos gafanhotos ou de formigas nas plantações. Ou por falta de moeda, onde a fome substitui o medo. Ou por falta de medo, ao substituí-lo pelo terror.

E o governante tentava decretar seu fim, quando não acaba por decreto. Que já tem mais fome que a fome. E ela então engendra outra e outra, como um monstro sem cabeça que se reproduz. Ou é a cabeça que cria monstros. E salientei que o Dicionário arredava a fome. Por ela não conseguir devorar palavras. São as palavras que devoram a fome.

E principiei a pôr palavras onde visse a fome. E o povo se nutria de palavras e a fome era saciada.

Adivinhei que até o tempo se tornava palavra e sumia tempo. Depois principiei a dar alma ao sonho do povo e o povo engolia a fome. Até aonde o sonho jamais acabava a infância.

E deduzo afinal que a fome é de infância. E a da infância é alma. E o universo começa e termina de palavras. E era amor, como se minha cachorra entendesse de tudo isso , por me fitar detidamente, balançando a cauda.

Era uma palavra, com patas, orelhas, metafísico focinho. E dentuças absolutas.

CAPÍTULO DÉCIMO

A HISTÓRIA NÃO MORRE, porque nós a reinventamos. E de outra alma, é o que sentimos. Tenho muitas viagens para dentro e muitas voltas. Por isso não enlouqueço de estar vivo. E o que menos esperava, o convite para comparecer ao palácio do governo. Desejava homenagear-me: a fome se calara. Fujo do apodrecer e afinal sou inominado. Como Ninguém descabe-me homenagem. Devo tudo á Palavra. Agradeci, pondo numa carta comovido eito de gratidão. E como haveria de ser condecorada a Palavra? Como havia de. E não fui visto por gregos, romanos e palacianos. A glória tem pé em mim, mas não tenho pé nenhum na glória. Mexo com o futuro e ele não quer nada de poder. E se não nos lembrarmos, o que seremos?

E quando a cachorra Letícia bebeu água, tive sede. E cada vez mais careço de sinais.

Sim, quando não quero, desentendo. Vou balbuciando. Porque estão tristes os meus ossos e ouço o seu gemer cauteloso. Emagreci mais, enquanto está aumentando a minha sombra. Quando me tocar por inteiro, serei somente Palavra. Não morro, vou subindo. Trato de Deus e não sei de amor, se sonho ou endoideço.

Não recue! "Não recue diante do habitante da caverna!" – Assinala Kafka. Não recue na caverna das palavras.

Não recue da caverna do habitante. Porque a loucura e o sonho não recuam. E a caverna já palpita entre sombras, almas e sonhos. E a caverna só vale enquanto estiver um homem. Só vale um homem, maior do que sua caverna. E se como um lobo não morder, que adianta mostrar seus dentes? E a caverna não é um homem. Não, não recue!

E não recuei ao fundar, não uma caverna, mas uma Ordem anônima, com o Dicionário. E se multiplicou por discípulos e países. O que criei, já não me pertence. Novas denominações exsurgem da mesma fonte. Não me importa. A labareda pode mudar de nome e é sempre labareda. Não sei comandar a luz, sou comandado. E com tal potência, que, nas ocultas, levito de palavras, fico longa pausa no espaço contando os pássaros; mais tarde, as estrelas, e depois volto a estar entre os homens. E é cada vez mais penoso.

Ignoro se os fatos se encadeiam em sequência inverossímil, ou não, porque a verossimilhança é só um terno engomado. E reaparece a vida, com singularidades. Foi assim que, assombrado e enternecido, logo depois,(acho até que por um sonho, não distingo; como discernir entre existência e memória?) tive ciência que Ricardo Valerius, não suportando a monótona morte, ou descontente com o seu conhecimento por demais pragmático, voltou a viver e lecionar na Universidade, como se houvesse acordado, após noites de pedalantes sonos. Mas sem falar palavra alguma, dando a impressão de que a experiência sepulcral lhe houvesse arrancado a língua. Conseguiu ensinar escrevendo no quadro – negro com as mãos, nervosamente. E os discípulos o copiavam e qualquer pergunta era feita por escrito, para a correspondente resposta. Emudeceu, tal se um oráculo nele estivesse escavado o silêncio. Ou fora proibido de contar tudo o que presenciou. E se alguém o interrogasse, balbuciava com dedos bruxuleantes, sempre as mesmas frases, igual a alguém que obedece a uma ordem superior: "Voltei porque andava soterrado de esquecimento. E a realidade não sabe nada da morte. Nem eu!" – Acrescentava. E tinha gestos sonâmbulos, pouco decifráveis. Não parecendo haver voltado de nada, embora os músculos do rosto se acentuassem, mantendo a impressão de nunca saber se alguma vez morto estivera. Quantos coisas se explicam, que não são explicáveis. E não mais o vi.

Contemplo em torno. Uma tristeza úmida se infiltra num canto da parede e apenas Letícia me atrai com seus ternos resmungos, deitando a barriga para cima, ao aguardo de minha mão. E quando disse que já estava no futuro, extraviei-me em Deus.

E passei extraviado um espaço entre as Sagradas Escrituras. Repeti trechos inteiros de cor, transpondo o Jardim do Éden, onde jazia soberana a árvore da Vida. E avistei os rios que cortavam o Éden, como uma faca a maçã. E tinham forma de mão que também cortava com a maçã da faca.

Deitei-me debaixo da oliveira, peguei sono e encostei minha testa no seu tronco. E não sei quanto dormi. E cabeceante, nem reparei como o tronco resfolgava igual a um potro.

Cada instante possuía uma regra diversa de outro instante na maternidade da árvore.

E me olhava intensamente uma parreira negra de sol.

E não sou separado de mais nada, nem nada é separável de mim, quando adormeço. Como uma esfera que girasse das compridas pestanas dos rios.

Depois sentei no cimo de uma pedra e li O Cântico dos Cânticos.

Dei-me conta de que um dos rios que fluíam, era o de cristal, de que fala O Apocalipse e recendia um aroma de nogueiras. E eu não desejava retornar, pois as páginas se cobriam de montes com tulipas e arrulhavam pombas. E todas voavam em torno de meus pensamentos. E achei de repente que eles fossem algumas delas. Porque seguiam as pombas, revoando.

E vozes inefáveis cantavam, como se gorjeassem muitos pássaros e não sabia de onde.

E emergi ao som de muitas águas. Sem saber onde o humano e o divino. Nem precisava. E o céu jamais envelhece sozinho. E reverdece montado nas árvores. E todas as árvores possuíam o seu encantável céu.

Desapeguei-me de minha obra, desprezando os escárnios e a maledicência de falsos eruditos, certo de que o espinheiro dos dias que correm, é o mesmo dos dias do passado.

E tal Cervantes, mantidas as distâncias, esperava ainda ser "aplaudido não pelo que escreveu, mas sim pelo que tem deixado de escrever". Embora tenha despertado muitos discípulos – mais do que supunha – nenhum contemporâneo fez justiça devida ao alcance do meu Dicionário. Estando em desvantagem com os que recebiam o fácil galardão da crítica, que mais se alojava na inveja, do que nos méritos. E não defendo minhas palavras, elas que me defendem.

Sim, passei desfalecido um dia, depois que bati com a cabeça na parede de pedra da sala. Letícia ladrava como se chorasse. E eu entrei nalguma instância do sonho e a memória via o que não alcançava acordar. De tanto lamber-me o rosto, Letícia me levou a abrir os olhos que não queriam. Feri a cabeça e o meu corpo frágil me impedia de erguer-me. Somente com muito esforço, amparado na cômoda, levantei-me. Minha alma empurrava-me os lábios para sair. Houve um instante em que toda ela ficou na boca e eu mal respirava. Chegando á porta, acudiu-me o socorro de Zé Tomás, sapateiro. E os nossos cães se entenderam de vista. E assim fui conduzido à enfermaria do hospital, com vários pontos na cabeça.

Minhas palavras assistiam a tudo, penalizadas. E eu já me considerava de partida. As palavras suavam como as crinas dos cavalos. E me despedi de Letícia. Tinha muita alma. Sabia que não me veria. Latindo forte, sentida. Deixei-a com o veterinário de boa alma, o Dr. Arísio. E não é que a cachorra fugiu? E foi atrás de mim, atrás das ruas que a levariam ao meu encontro. Depois ainda duvidam da inteligência dos cães? Ouvi seus latidos insistentes na porta. Letícia! Letícia! Não havia visto de tal forma a fidelidade. Como se tivesse alguma parte de minha alma. Isso me embaraçou. Falei às minhas palavras o que devia fazer, falei aos sonhos e eles não me respondiam. Eram água descendo água. Aquele cão não só queria viver comigo, queria sumir, se eu sumisse. Devia mudar seu nome. Chamá-lo: Destino. E nem ele merece um bocado que seja da afeição canina. Confesso a falha de meu Dicionário. Havia dado mais atenção aos homens e ao idioma da alma, do que aos cães.

E a cachorra emagrecera sofrendo comigo, espionando. Abracei-a. Ninguém se interessou tanto por mim como aquele animal que me fitava resignadamente. E amor quando se vê, pousa de alma na loucura. E meus sentidos aconteciam como relâmpagos e estrumavam tempestade. O corpo nem sabe suportar o corpo. Leve, leve. Pode ser até borboleta. Ou se esvaziar, relumeio. E eu dava voltas em círculo por mim mesmo, para ter aonde cessar, demorado de paragens. O dia não aprendeu a envelhecer e começa a perder sisos. Ou ficar abobado. O que devolve o homem ao homem? Ou devolve o sol ao sol. Ventos não se recolhem como a gadaria. Adernam, como se prevendo acontecidos.

Dei fala à fala, até que a alma atentasse de que o corpo esfriava nos pés, nas mãos, no peito. E fiz empenho de acender a lareira e o fogo tiritava mais do que eu. Não possuía alegria alguma, salvo o cão de alma para fora, tão bela, reluzida. E eu me envergonhava de que a minha, assim não fosse. Porque era a dor que me tolerava; não eu, a ela.

Essa doutoria que nos tenta convencer de se acostar numa cama, deixando escorrer a noite. Ventava e escutei um estampido de arma. Achei logo que se (des)almava algum ente não muito longe. Soube que o defunto matado era o velho Aizim, mestre da usura. Foi ventado de bala e não apareceu o matador. A polícia foi buscá-lo, entre os que lhe deviam juros de juros e eram tantos, que procurava linha na agulha entre agulhas e nenhum, ou todos. O crime compensa? Todos levaram flores e o defunto guardou o segredo da terra. Mais usurária ainda. E apesar desse acontecido, continuava o Vento a gritar. O que, agora, eu traduzia. Tinha um sotaque grego e era o mesmo que derrubou, furioso, Homero, talvez por estar nalgum cochilo, ou ao ser agarrado num hexâmetro.

Eu não agarro vento de viver.

E se sopra na caverna do ouvido, escuto. E é das profundidades que escrevo. E debaixo do ouvido, nada. E Letícia passou a farejá-lo e correr atrás, como se um animal se defrontasse com outro.

Dou voltas, igual ao Vento nas dunas. E escrevo para não bradar: quando me escutarás, ó Senhor? Quando minhas palavras acharão as Tuas? E andas vagaroso, aguardando o Teu tempo, vagaroso, provando-me. Vagaroso nos meus ossos. Por que não passas Tua bondade por mim, como fizeste diante de Moisés? Não vivi o deserto? Não contemplei a sarça, para inventar meu Dicionário? Não tirei também as sandálias de meus pés, ao pisar a imaculada terra?

Ou a dor é a única língua da alma, com sílabas demasiadamente escuras, indecifráveis. E quanto Tuas labaredas choram nas minhas entranhas e sou um homem que arde no limiar do paraíso. Mas é a Palavra, só Ela me suporta. E reparo que até meu cão tem labaredas. Talvez me despetalando, consiga ser flor.

Depois vi que, enquanto no fogo submergia, o cão, junto à videira dos ossos, sumia comigo, emergia. O meu Duplo. E não vi mais o cão, era o fogo latindo. Não choro: labaredas que choram por eu estar desabando de luz. Não tolero tamanha e tão veloz intensidade. O que é feliz nos dói. Vou subindo de cair. Acabei de infância. Eu e o cão somos um. Quando a história se enrola noutra e o tempo é tão velho que fica trocando pernas, palavras. E até perdeu siso e ninguém viu.

Quando alguém verá que não se pode retroceder diante do habitante da caverna, nem diante da caverna do habitante?

Quando se dará conta de que a disciplina da escrita está vinculada às ações noturnas ou diurnas dos sonhos?

E comecei a entrar de alma em alma. Sem alarme. Com os poderes miraculosos de meu Dicionário (e até que ponto era meu?), em novo idioma.

Ora a mera leitura do livro diante de uma parturiente era a propriedade de um ditoso nascimento. Ao contacto com enfermos, podia curá-los, desde que as letras cintilassem, assim que o lessem. Fazia andar os coxos, ao se debruçarem, fidosos, com as muletas nas suas páginas.

Os signos bem postos eram ímãs e puxavam para a distância, males, mágoas, ódios, desesperanças. Porque fulgiam gerações e as palavras humanas e divinas se precipitavam pelas imagens de sonhos ou sinais venturosos. A mostrar que o mundo jamais, como hoje, está tão carente de felicidade.

E o único idioma universal e simultaneamente sagrado, era aquele linguajar da alma, atingindo diretamente a parte mais sensível, criadora ou amorosa de outra alma, numa fala direta, sem vestígios de ruinosas civilizações, por tudo fazer-se novo.

E o que meu texto abominava, do início ao seu termo, que nunca se concluía, tais as vagas sempre recomeçadas, eram os combates de sangue, as inquisições pela crença dos homens, terminadas em fogueiras, as atrocidades das guerras ou perseguições pela cor da pele, os preconceitos que se legalizavam.

A glória não se condecora nos morticínios. Nem a honra se aninha no cabo do punhal ou no cano do canhão, ou nos agudos calos da baioneta. A guerra é o epitáfio da brutalidade e da impotência. Epitáfio de si mesma. A canseira do nada.

E sei que os prodígios prosseguirão, ainda quando me tornar mais Palavra que homem. Até quando for mais alma que corpo. Até a alma ir à outras, sem os entraves delirantes da carne. Porque ali não está somente a palavra dos ancestrais e os mitos ou lendas ou virtudes ou insondáveis polens, larvas, desde a Pedra. Porque ali não estão apenas meus sonhos, símbolos, vocábulos. Ali estará a Palavra.

Ao ser escrito tal texto de inacabáveis navegações, o sol se escondia e nem surgiu a lua. E o cosmos ficava imóvel e por ali se incendiava de Palavra. E nem clamei por mais luz , porque o livro resplandecia. Nem saudade quis ser pega ao colo. E o que se catava, era no bojo, fogo. E ao escrevinhar, lambia com hálito os pés das letras e as potestades da infância.

E vida então se vinga de viver. E não é audível a alma das manhãs?

Galopava de rocios-vocábulos, as crinas, até clarear como um cavalo o texto. E a língua não se entope de tamanha repletude. E o que é verdade não finge, para ser mais verdade.

E se o livro se desprendeu de mim, era como então me desprendia do livro. E levitava.

E alma passava o dia voando de uma banda mais alta à outra mais baixa duas vezes transpus a colina.

E tem luneta a alma? Não, basta apenas ser de alma.

Dou voltas em círculo e o céu se despluma. E não sossego debaixo de uma árvore: só debaixo de Deus.

E foi debaixo de Deus, que estava o amor. Debaixo da pedra, a memória.

E arranquei com a energia pouca que me restava, a caixa com dinheiro, herança dos pais. E se a herança é discórdia, essa era a um herdeiro das estações. Não possuíra filhos para deixar a doença sagrada de minha santidade. Ou o infortúnio da transmissível natureza, que aos poucos vai restituindo seus direitos aos vermes. O que legara aos discípulos, sim, era imperecível: a Palavra.

E o cão saltava das brasas, saltava das cinzas.

Então escrevi algumas linhas e as deixei para Zé Tomás, o sapateiro. O que cerziu tantas solas de pó e léguas. E as tais linhas diziam: "Lego este pecúlio ao meu sapientíssimo cão. Para a doação a ele, de nutritivos ossos, e que esse cuidado também se estenda ao seu companheiro de espécie e latidos."

Assim, não leguei à Letícia , discórdia, leguei ossos futuros, esta supremacia de matéria endurecida. E o cachorro de Zé Tomás era o outro beneficente. Porque nada é suficientemente grande para a criatura de um cão. Nem lhe hão de faltar na comida as incríveis e mais apetitosas razões humanas. Ou o raciocinante plasma de tantas teorias. E minha ciosa cachorra, o seu cúmplice justo, que a amou de vista. Com quem teria os filhotes de alguma superior estirpe, mais humana.

Zé Tomás não se contentou com os dois cães. Ganhou ainda um mini-poodle, cor de pêssego, cachorro nanico, a que denominou de Napoleão, O Corso.

Não dirigia nada, resvalando com as frouxas patas, ao se encostar no pé da mesa, bebendo leite em pires.

O pobrinho não tinha arco-do-triunfo, a não ser uma curta e heroica caixa de papelão, com os convulsos feitos de palha. Todavia, como um imperador canino se espreguiçava.

E o meu legado frutificara, com a velocidade dos girassóis.

Observem, leitores, que não assinei nome algum. Pois minha glória era a de não ter mais nenhum nome, nenhuma sobra sobre a Terra. E desprezava os espelhos, por não serem mais os mesmos. E engolirem as imagens. Ou trazendo o trauma de elas próprias se engolirem.

E principiei, ao dar voltas, a diminuir de tamanho, até o tamanho devorar-me. E era o tal espelho. Como um fruto que iria lentamente voltando à semente. E essa, à terra.

Então se pôs a multiplicar-se em outras. E não diviso mais nenhuma, habitando entre muitas vozes.

Indo de uma geração á outra, debaixo da pedra, debaixo da memória, entre os limos e as vertentes das espécies.

E principiei a delirar, caindo de um sonho noutro. Delirava.

E como previra que para a cura do sonho, devia curar pensamento e sem ele, não havia cura, previra também que o delírio era o sonho que endoidou de tanto pensar. Delirava.

E afirma Isaías, (13:14): "Farei que um homem seja mais precioso do que ouro puro e mais raro que o ouro de Ofir". E o delírio era ouro líquido que deslizava mente abaixo. E o ouro puro de Ofir da memória em lavas pelas veias. Delirava. Debaixo de Deus.

Desapeguei-me de minha obra, quando me noticiaram que alguns discípulos rebeldes queriam inventar leis para os nove princípios básicos de minha Ordem, rejeitando igualmente a que lhe designassem com determinado nome. Como existia a beneditina, agostiniana ou franciscana.

– Nome nunca, ao que é do universo! – Contrariei, um a um, aos que desejavam nominá-la. E falei, desfalei de manso, com alvará e respeito bondoso. E todos me avistaram com as pupilas aguando. Como se de mim, era alguém se despedindo. E disse, fui dizendo: "Quando o animal vai-se gastando no corpo e desaparecendo, Deus vem. Não se desarvora de brilhar e ocupa as funduras. E é o primeiro, maior, único, o que é vivo e não apodrece. O que sabe de mais saber e nunca é desprevenido. O que é Palavra por dentro e se move. O que aconteceu, acontece e irá acontecer, mesmo sem tempo. O que de futuro em futuro é Deus. O que resvala no juízo e com esmero sentencia. A Ordem é alma em Deus. Com amor ela cresce. Seu miolo, a paz. E alma só se perde de alma. Deus não se perde de Deus. "

E cuidei de que a operação do Espírito, não fosse aleitada com estatutos e organização humana, para não se esvaziar a sacralidade da inocência, nem o esplendor da Revelação. E não há que evitar os extremos, seja do frio, seja do calor. "Porque o que não é frio, nem quente, eu o vomitarei de minha boca" – diz O Livro do Caminho. E que o frio seja abrasado pela chama até o clarão.

Vedei, de igual forma, a cupidez lucrativa dos discípulos, tanto em patrimônio, quanto em remunerações. Por retirar a invisibilidade, que é referência angular da Ordem.

Depois, outros, poucos, propuseram privilégios especiais. E os aboli. O único privilégio aceitável é o de estar na

Ordem, concedido a raros. Todos coexistiam, sem a hierarquia que gera a perversão da classe ou clã.

E os que atentavam fama, deviam contemplar o exemplo do fundador sem nome.

No que tange aos estudos, estimulei-os quanto pude. Sem esquecer a severíssima alusão de Ambrose Bierce, que já foi morador de Pontal: "O saber é o gênero da ignorância humana que distingue o homem estudioso". Porém, longe de qualquer ironia, era valiosa a pesquisa, sempre mais abrangente, de todos os conheceres e palavras, com o significado vivificado das Sagradas Escrituras na percepção da alma. Sem amedrontar os sonhos, que são como alguns pardais que se assustam no simples oscilar dos espantalhos. Parafraseando Jonathan Swift: "Queimem tudo o que é pura razão, menos o carvão".

O que devia frutificar era a fraternidade entre os membros. Ainda que néscios ousem julgar esse amor uma imbecilidade coletiva. Convivendo é que se conhece o que não se conhece. E a Ordem não era de irmãos maiores ou menores, e sim de integrantes de uma inteligência do universo, que se nutria de um idioma comum, o da alma. Sem outra liderança ou autoridade, senão a da Palavra, distante da usual disputa dos poderes e cargos. E poder é o que se perde na tradução. Como houve quem aleatoriamente sugerisse. Sem nenhum rastro marxista. "Só quero que Marx devolva a minha alma imortal" – afirmava Otto Lara Resende, cronista pontalense. E devolva a intransferível linguagem dos sonhos.

E antes, ao olhar o céu, como um aro de mesmo anel, levantei a voz, vaticinando:"Creremos tanto na palavra, que ela também crerá em nós. E membros de nossa Ordem edificarão casas de palavra sobre os penedos e nelas habitarão. Nem ventos, tempestades podem derrubá-las.

E a forma de as construir há de ser um mistério que a Ordem vigiará. É este: as casas só serão tecidas, se as palavras se amarem entre si. Nem prego de martelo, nem cimento as unirão. Apenas as sementes, uma a uma, entrelaçadas de fogo em fogo, como uma sumosa colmeia. E a partir daí, fábricas, indústrias, universidades, igrejas se edificarão de palavras. E as que forem ditas, hão de ser tão sagradas, que ninguém as desfará. Só se a eternidade ali pousar. Quem com a palavra julga, com ela será julgado. Quem com a palavra ferve, em ouro há de ser vertido. Quem na palavra se ergue, jamais perderá seu vínculo. Palavra é ter alma vindo". E me calei. Vi que os discípulos tinham o mesmo ouvido. Igual senso na luz.

Desapeguei-me. Se a Ordem permanece, não será por determinação humana, nem por ausência de conselhos tavolares.

E se não permanecer, persistirá como escombros de tantas rutilantes civilizações. Mas a vida na Palavra, essa sobrevive à morte, sobrevive às ambições das gentes e nações. Ossamento de alma é ofício de nunca morrer.

Desapeguei-me. Coloquei uma tigela com cinzas que derramei sobre minha cabeça, em redondez, dando voltas de cinzas antes em torno e proferi Palavra, curvando-me diante dos discípulos. Após, risquei com a mão o círculo, e segui adiante.

Vi que o céu se abriu e o círculo foi troando como se um vendaval o alicerçasse. Rodopiou. E saí, limpo, limpo de céu nos olhos e olhos de céu nas mãos.

E virava o tempo de pernas para cima, virava a história.

Não precisava entender mais nada, porque já estava entendido, amém.

Tinha memória de elefante, agora a liberei aos passarinhos.

Os elefantes tornam aos lugares onde nasceram para morrer, então perdem a memória.

Os passarinhos também tombam onde estiverem. Fenece-lhes as plumas, enfraquecem-lhes as asas e nunca a imaginação de voar. Eles são a memória que emigra e não necessita de pátria. A memória com as asas de arribação.

Tinha memória de elefante, agora um elefante de memória. Porque não é só a minha, é a das palavras.

E o Dicionário preserva o pensamento de Jean Cocteau: "A maior obra-prima da literatura não passa de um dicionário fora de ordem."

Não visei a literatura apenas , mas o idioma da alma. E ela vem de secular tradição de palavras e mitos, como um dicionário que enlouqueceu de tamanha lucidez. Tal a de um menino que súbito encontrasse o seu mágico circo.

E se acolho a primeva memória das espécies e das fábulas, é porque já fui gerado por ela. Desde a primeira palavra, como se fora a primeira infância.

Alguns ganharam pulgas, grilos ou pirilampos na infância, eu ganhava palavras.

E é pela infância – confesso – que alcanço levitar. Pelos jorros da alma para fora. Ou por vazar-me a memória pelas asas.

E o que nenhum historiador percebeu é também quanto ela se atrasa. Ou se aperfeiçoa, parando.

Teria preferido passar pela frente do rio Eufrates, agora gordo e faceiro, sem que o menino, cujo rosto brilhava, me visse. E ele me olhava muito, como o rio o fitava. E era o mesmo garoto que vira noutra ocasião. Não sei resistir à infância. Sentava-se numa pedra. Perguntando-me (como se já soubesse) o que fazia ali.

– Tenho calor. E o que sente?

– Se o sol é igual, por que não teria?

– A gente se habitua.

– Parece que o sol não pesa.

– A luz não pesa.

– Qual o seu nome?

– Não tenho nome.

– Por quê?

– Perdi.

– Como se pode perder nome?

– Achando sem ter.

– O que significa?

– É que nem o nome mais nos possui.

– Isso é bom?

– Dá liberdade.

– Eu não. Chamo-me Gabriel.

– Nome de um Arcanjo?

– Sim. Não é por isso!

– Então qual o motivo?

– Não escolhi, fui escolhido.

E diante de meus olhos extasiados, sumiu.

Essas derradeiras palavras eu as pressenti com um divino sinal de minha partida. Pois tudo é sinal. Os sentidos é que muitas vezes não se apuraram para reconhecê-los.

Não contei essa experiência a ninguém, salvo a este ninguém que a tudo viveu. E de rompão, eu não tinha pés, levitava. E voei sobre o rio e não vi mais Gabriel, o que se assemelhava a um menino.

E levitar é uma fresta do espírito que atrai para o alto, por mais ar. O ar e a água são componentes essenciais do tempo – pensei.

E sem me dar conta, por hábito – esta forasteira e distraída natureza- fui dar ao pé de minha casa. E também foi como toda a eternidade se distraiu.

Ando à volta e não acabaria se tivesse que relatar quanto tudo é volta. E até o horizonte é uma volta, com o lado retornando, lá do outro hemisfério. E o ventre é uma volta para fora, com outra para dentro.

E se narrasse os aconteceres do Círculo, jamais terminaria de contar. Porque o Círculo é Sherezade que inventa histórias para não deixar morrer sua rotação de existência.

São as palavras que sustentam a vida. Enquanto houver histórias, temos prazos. Enquanto houver fala, o Califa estará hipnotizado, absorto, seduzido.

Por isso o Círculo roda e o centro é imóvel, de olhar fixo.

O que muda é o movimento; o centro é absurdamente igual.

E se há um conceito de insânia é do que não se desloca. Por não se transformar. Endoideceu de estar parado e em pedra.

Endoidecer é criar musgo na consciência.

Ando em voltas e sigo por um bairro de Pontal. E a cidade transitou por várias épocas.

Na primeira, povoou-se uma aleia frágil, tolerada pela magnanimidade dos lindeiros.

Na segunda, foi quando se agrandou. É o período governado pelo Prefeito D. Seráfico, cuja bala com que se matou, jaz num Museu. Foi quando se aventurou a engenhosa Nuvem do Pontal, sendo engendrado um afamado Poço, o do Bem e do Mal.

O terceiro é um tempo miraculoso em que essa fatal cavidade, tornou-se O Poço dos Milagres, morando ali um Anjo. E deu-se uma perigosa invasão de intrusos, ao sitiar a cidade com uma cerca, depois rompida, graças à obstinação de um grupo chefiado pelo médico, Dr. Alberico. Mui benemérito nas Crônicas de Pontal.

Vivíamos a quarta etapa, em se estabelecia um povo aperfeiçoado pelas metamorfoses. Nem por isso menos sujeito às intempéries.

E não se abandonava aquele território, como a terra do homem que jamais será violada.

Quando se noticiavam o advento dos bárbaros, todos resistiam.

– E por que não podem vir?

– Porque não sairemos desta terra!

– Qual o sentido “de nossa terra “?

– A que está marcada com a tradição e o sangue dos ancestrais.

– Por isso corremos o risco da invasão dos bárbaros?

– Qualquer risco. Vêm aos poucos, depois promulgam as suas leis. Se os arrostarmos, eles se debilitam.

– Alguns de nós já fugiram.

– Não todos. E o que sai de sua terra, ou ela não o acompanha, não há de ser ditoso.

– Por quê?

– Somos a terra.

E até mesmo a terra dá voltas ao redor de si mesma – assentei.

Depois fiquei meditando no que sucederia, se os bárbaros atacassem Pontal.

Seria idiotia planejar o futuro, se é ele que planeja.

Recordei o que escreveu Omar Khayyam:

"Dentro da panela, o peixe disse ao pato:

– Achas que a água subirá o curso do rio?

O pato respondeu:

– Quando estivermos assados, o que importará que o mundo seja mar ou miragem?"

Da calçada, deparei com um homem dependurado numa gaiola, com dois outros. E não era miragem. Foram postos em cima de um caminhão, dirigido por soldados.

Não, não era miragem, nem peixes na panela. Eram homens.

Ao parar o veículo e o seu tenebroso espetáculo, aproximei-me e conheci pelos traços, o Baltazar, um dos meus colegas da Universidade. E falou:

– Tinha uma loja e faliu. Depois mendigo, participei da ação de ativistas contra o governo. Fomos presos. Quando tentaram arrancar-me uma confissão, emudeci. Forçaram-me a delatar e continuava mudo.

– E por que estás aqui?

– Pensaram que eu havia endoidado. Por haver extraviado todas as minhas palavras. Ficava encolhido e cabisbaixo, como se voltasse ao seio de minha mãe.

– E aí?

– Soltaram-me e voltei à luta. Mais ferrenho ainda. Não me dobram! Olhei melhor. Mostrava-se envelhecido.

– Valeu a pena essa luta?

– Um dia tudo isso acabará. Não nos rendemos!

O caminhão, de ruidoso motor, arrastou-se até a Cadeia Municipal.

E aqueles homens eram bem maiores do que sua prisão.

E um sujeito, ao lado, com um chapéu de palha (tinha algo de espantalho), com barbicha, perguntou-me, com semblante enraivecido:

– Podemos em nossa língua narrar o que contemplamos?

– Não. – Respondi. Nenhuma língua!

– Talvez só a dos mortos. E fui concluindo: E os mortos estão cada vez mais vivos.

E eu estava no ofício dos olhos que, segundo D. Francisco Manuel de Melo, "é ver, chorar e enganar". Mas o engano não se conserta, a lágrima não muda de olhos e os olhos se fartam de enxergar.

Por isso mais tarde atestei quanto o idioma da alma evitaria os mal-entendidos e as injustiças, criando hora mais afortunada.

– A luta é como água que limpa a voz – ouvi de um companheiro de Baltazar – de corpo seco e olhos duros.

Achava que a tal foz de infrutíferas escaramuças não tinha gota de água alguma.

Mas é possível imaginar-se! – Raciocinei comigo.

E eu detestava a intolerância, os teólogos da incompreensão, os ensebados mercadores da revolta. E ainda mais, a autoridade das armas. Detesto todos os bárbaros. Jamais integrarão meu Dicionário.

Nesta manhã, em casa, recolho-me e me penitencio de espancar trevas, em que pesem os agoureiros da torre de Babel e os atiçosos atalaias da república.

Recolhi-me à cama e ventou. E soube que morreu uma senhora gorda que pegava surpreendente lepidez ao andar.

Eu a lembro, ensacada, com o chapéu adornado e esdrúxulo.

Ela era a própria verossimilhança proustiana, com chapéu e sem cabeça. Porque não avistei sua cabeça afundada num chapéu tão imenso. Ventou muito e Vento é o acontecer, ou iminência de algum.

E a dama enfeitada lá do outro lado da rua, arqueante, caiu atropelada por uma bicicleta.

Dir-se-ia que o Vento é que bicicletava. Não apurei. Talvez estivesse amuada a morte, ao conduzir a robustíssima vizinha. E mais a terra de contê-la. E menos os insetos que não se atrelam aos oficiosos orgulhos.

Legou – informaram-me – gorda herança aos filhos que mal a procuravam. Inocorrendo a verdade cervantina de a herança apagar ou atenuar a tristeza pela ausência da finada. E aliás, nem sei, ninguém sabe o que fazia com a fortuna, nem o que a fortuna fazia com ela. Que não lhe seja tão mórbida e gulosa a terra!

E superei, leitores, um enigma: o de como a sorte dissimula. Com mais voracidade a aranha enlaça na teia a prisioneira mosca.

E com menos, menos os sonhos nos desafiam sem ter o uso de cordas dos relógios.

E há badaladas que podem ser as últimas. Dos sonhos? Não, dos relógios.

E não é só o relógio que remarca o tempo, é o tempo que desmancha os relógios.

Súbito escutei a balada aguda, incandescente. Era o relógio imenso, pendular do quarto, deixado por meus pais. Preto, envidraçado, arquejava como se um coração. E havia um tropeço de saudade ao dar horas. E um tropeço de horas na saudade.

Não utilizava relógio de pulso ou de bolso. Apenas aquela majestosa ave, desdobrável, que me regia, com o do sol ou das estações.

E era sobrevivente da ancestral memória, tal se fossem ossos batendo nos sonhos, sonhos batendo nos ossos.

Possuía tal relógio a soturnidade que se descalça das sandálias pelos cordões, dos sapatos pelos pés de ferro.

O relógio anda aos círculos. E não há pungência maior que a das coisas que nos cativam, a das coisas que guardam alma em corpos separados.

A amizade do relógio é exata, como não se dá com as desiguais horas do tal afeto dos homens.

E o meu relógio assomava enorme como uma águia, engastada ao cimo do nicho, em saliência da parede, movendo as asas.

Mais tarde, adivinhei que no bico de horas desfilavam sonoríssimas metáforas. Com tropeço de saudade pela casa.

Escrevo aos círculos. E nenhuma língua é previsível, salvo no caso de a deixarmos fluir em nós. Nem tampouco é menos contraditória. Tratando-se de elementos aparentemente inconciliáveis.

Mas o significado de uma palavra pode variar conforme o contexto. E o ser ou estar de alma são fundamentais. Muito além da permanência da palavra que designava. Sendo tudo fundável a partir disso. Nas voltas circulares do idioma.

E a memória se vai configurando em coisas perduráveis.

Para Machado de Assis, este precursor, compõe-se de alcovas mais escuras e poucas salas claras ou a descida a um porão com lanterna.

Esqueceu-se de valiosas peças: a varanda e a água-furtada, o que meu Dicionário, ainda que com "o nariz de uma consciência sem remorsos", não olvidou.

Esqueceu-se, portanto, da entrada e da parte superior, onde tende a vicejar o esquecimento. Havendo ruína da memória, não há idioma da alma.

E a história não eterniza, ou enche de pó, ou se petrifica na efeméride dos nobres monumentos.

Há que criar outra história que represente os atos, as façanhas, os delírios e a fala da alma. Que jamais se desprenderá do que pensam ou imaginam as palavras mais verazes, desde a infância do mundo, até a do futuro.

O que sabemos não se extinguirá no acontecer. E o que acontece, retornará acontecendo. Até a definitiva encosta, Deus.

Ando em círculo. Milan Kundera, com argúcia atinou;" Nenhum autêntico romancista pode sair da história do romance. Mas atrás das formas semelhantes, escondem-se intenções diferentes."

Ou atrás de formas diversas, intenções afins – acrescento.

E é o mesmo ficcionista tcheco que pondera: "A quem comparar o romancista? Ao poeta lírico.(...) E se imagino a sua gênese, essa me aparece como a *história de uma conversão;* Saulo torna-se Paulo; o romancista nasce sobre as ruínas de seu mundo lírico".

O que medeia um círculo de outro numa narrativa, é a história de uma alma à outra, ou de rumos humanos que se entrecruzam.

E que se cubra de penumbra o político, caso mostrar sua cabeça, sobrepairando a essencialidade do texto.

E o que os círculos não admitem: inocuidades geográficas ou biográficas. Giram, giram. E somente gravitam entre roldanas do impossível, que se vai tornando possível.

Muitas das frases não são da responsabilidade do autor, mas dos personagens. Neles, todas as almas se estabelecem para tomar o corpo de suas palavras.

Sou um contador de sonhos que se almaram.

Não, não embriago meus cavalos, como pontalense de cepa, deixo que eles sejam mais educados e cartesianos (um deles decorou com o focinho e o maxilar sedento, um exemplar de Descartes), para que eu seja mais incendido e lúcido, conduzindo as garrafas para embebedar os leitores. E este generoso álcool não passa do shakespeareano “leite da bondade humana”, o elixir dos sonhos.

E como não há o vestígio de uma garrafa sequer, proclamo uma nova embriaguez , a do Espírito.

Ando às voltas para o fim, que é o começo, fraco de corpo, cada vez mais confortado de alma. E ouço um riso que parece advir de Rabelais e de Cervantes, um riso descomunal pelas fraquezas e carências humanas, atravessando as celestes esferas. Pois a fama desequilibra a fama. Depois a fama desequilibra a glória. Depois tudo se desequilibra.

Ando em voltas. Poucas, raras palavras sobram de viver, antes de esgotá-las e esgotar-me. Ia-me crescendo para fora, alma. E o que podia fazer se tinha pressa? Ia de alma para fora e havia que escondê-la. E não queria se esconder de tão avisada. E sua formosura podia cegar. Segurei beatitudes como sílabas na língua. O pensamento tentou procriar alma e não deixei. Era demais donzela. Alma segurei quanto pude e não pude. É quando em alma Deus se olha. E adeus.

E nada. Com o ar sempre mais rarefeito, nulo, de sorvo, a alma saía deste corpo enfermiço, cambaio, como se de um furo jorrasse a existencial substância.

Antes, um pouco antes, pedi que alguns discípulos fiéis me transportassem, já sem forças, ao bosque de minha infância.

Ao sentir a tenra relva, os cogumelos, as boninas, solicitei que me despissem, cobrindo-me de palavras como num lençol.

Já quase não respirava. Respiravam, sim, minhas palavras.

E enquanto eu morria, minhas palavras tomavam vida. E os meus olhos se incendiaram.

Tudo se energizava, até as pedras, árvores e montes.

Eu era agora a alma que subia. E voei de alma com palavras.

E não contemplava meu nariz e sim, o da espécie humana. O rosto igual de todos.

Cinco discípulos da Ordem que fundei- não mais ou menos- levaram os meus restos inconfessáveis e infantes no vagir de eternidade. E deve ter sido assim parco o sepultamento de Mozart.

E Petrus Nehemias, um dos mais antigos, proferiu, melancólico, entre contadas lágrimas, um breve e pausado responso:

"Mestre, agora poderás no Paraíso, exercitar tua fala de alma, a mesma, com que puseste, generoso, na boca dos homens. Todos sofreremos a tua perda, embora tenhas fugido da glória e do nome".

Julguei que Petrus, de rosto sombrio e olhos chuvosos, foi grandioso. E examinava os movimentos tartamudeantes dos outros. Eram sinceros os sentimentos, lacônico o ritual, pétreos os gestos.

E eu me albergava, moroso, na idade do orvalho, no arcano secreto dos séculos. Filiando-me a uma nova Ordem, mais silente ainda, a da terra, com este corpóreo suporte de mudez e de penúria.

E o que ficou, vi quando enterraram: minha máscara, a carcaça repleta de avelãs.

Vi de onde já não me viram. E também como o relógio no pulso de Petrus nessa hora exata parou.

Presenciei os pássaros que esvoaçavam pelas castanheiras do bosque.

Fiz o que me cabia. E escrevo o que ninguém mais viu.

Escrevo o que a morte não sabe ler. Analfabeta desde o ventre.

Escrevo o que a morte nunca vai saber, porque voltei à infância, voltei ao celeiro onde nasci.

Voltei à boca da Palavra que me gerou. Creiam ou não, a morte não me verá nunca. E se há um céu de palavras, levado fui por elas.

Vejo tudo e todos. Nada mais é encoberto. Devagar, fui ficando eterno.